LE DERNIER
CROYANT

LE DERNIER CROYANT

ÉCHAPPER À UN MONDE CONDITIONNÉ

Écrit par:

Daniel Senga

Couverture de livre conçue par Lisa Hainline
Traduit de l'anglais américain par J. Tabet
Imprimé par IngramSpark/Lightning Source
Publié par: Daniel Senga

Jardin de Méditation
contact@ziongarden.org
www.jarme.org

DÉDICACE

Je dédie ce livre à celles et ceux qui aiment le Royaume de Dieu et qui attendent son avènement, ainsi qu'à celles et ceux qui gardent la foi en notre Seigneur Jésus-Christ et en la Bible, Parole du Dieu vivant.

TABLE DES MATIÈRES

INTRODUCTION

UN JOUR, SATAN orchestra la machination la plus monumentale que l'univers ait jamais connu, un chef d'œuvre témoignant de son immense pouvoir de séduction. Il imagina la destruction de l'humanité et de tout ce qui lui avait été donné. Le péché d'Adam et d'Ève n'était que la partie émergée de l'iceberg; son introduction se suivit d'un développement extraordinaire par lequel l'essence humaine se consuma lentement jusqu'en son profond intérieur. De son apparition jusqu'à sa maturation, le péché s'apprêtait à transformer l'humanité de manière sociale, spirituelle, et mentale.

Au final, deux événements se produiront. D'un côté, des multitudes de gens trouveront la rédemption à travers le sacrifice du Fils de Dieu. De l'autre, le reste du monde sera conditionné dans l'incrédulité, programmé pour devenir incapable de foi.

Ce livre retrace l'évolution du péché à travers le temps et l'espace. Il examine les stratégies et les instruments employés par Satan dans la transformation de milliers (voire de millions) de personnes en âmes qui, telles des enfants s'étant aventurés trop loin de leur maison, ne pourront plus se tourner vers Dieu pour trouver le salut. Je décris cette progression en examinant les changements majeurs qui ont marqués l'histoire de l'humanité: les transformations d'hier et d'aujourd'hui, mais aussi, dans une perspective prophétique, celles de l'avenir.

La Chute d'Adam et Ève était le début d'un dessein satanique bien plus large dont l'ingéniosité, la subtilité et la duplicité quasi-indétectable servent parfaitement la transformation du comportement social. Parce qu'elle est inévitable, cette transformation semble en apparence s'inscrire dans une évolution sociale naturelle plutôt que dans une machination méthodique de la culture et du comportement humains. Aucune catégorie sociale, aucune ethnie, aucune religion et aucune philosophie n'est épargnée. Le dessein de Satan lui donne les moyens de dicter aux hommes:

- les vêtements qu'ils portent
- les aliments qu'ils consomment
- les hommes politiques pour lesquels ils votent
- les sermons qu'ils écoutent

- les messages que leurs médias véhiculent

- ce qui est important dans la vie

- ce qui est considéré « bon »

- ce qui est considéré « mauvais »

- et d'autres choses bien trop nombreuses pour être énumérées ici.

L'objectif de Satan est de changer l'Homme de manière à ce qu'il vive comme d'autres animaux, sous le règne éternel de la loi du plus fort. Satan imagine un monde dans lequel l'Homme n'est plus un esprit, une âme et un corps; dans son monde, le *soi* équivaut uniquement au corps (à la chair), qui domine l'esprit et l'âme de ce nouvel Homme. Renforcé par les médias et les allégations scientifiques, ce message fait que de nombreuses personnes échouent à attribuer un sens à leur vie.

À première vue, la domination de l'esprit et de l'âme par le corps ne semble pas si redoutable. Mais elle est au cœur de tous les objectifs de Satan. La nature de l'esprit, de l'âme et du corps est un sujet qui a toujours fait couler beaucoup d'encre, mais peu d'auteurs se sont penchés sur les rôles que jouent véritablement ces trois éléments.

Afin de comprendre comment le péché évolue dans la vie d'une personne, nous devons d'abord comprendre l'évolution des rôles de l'esprit, de l'âme et du corps à travers le temps, ainsi que le changement de l'humanité depuis sa condition avant la chute. Ce livre propose donc d'examiner la manière dont l'esprit, l'âme et le corps devraient travailler de concert ainsi que la manière dont les activités démoniaques perturbent leur ordre originel afin qu'ils servent à des fins différentes des intentions de Dieu.

Ceux qui naîtront au cours des derniers temps seront élevés et éduqués dans l'incroyance et accoutumés à elle. Leur environnement et leur mode de vie seront organisés de sorte qu'ils ne pourront que finir par accepter délibérément l'Antéchrist. Je ne parle pas ici de l'incarnation de Satan qui s'élèvera au rang de dirigeant mondial, mais d'un *esprit d'Antéchrist* plus global contrôlant la vie, les désirs, l'ambition et les croyances d'une personne. Quand cet esprit aura conquis suffisamment d'âmes, près de la totalité des hommes, femmes et enfants vivant sur Terre rejoindront une coalition luttant contre la religion, la croyance, et Dieu.

Ce qui est étonnant à propos du péché, c'est combien la Bible en révèle au sujet de son évolution. Dieu, dans Son omniscience, a surnaturellement permis à Ses serviteurs de décrire des milliers d'années de prédictions dans le moindre détail, depuis le jour où le péché conquit l'humanité jusqu'à celui où le Christ proclamera Son Royaume éternel sur le mont Sion.

Mais Satan, qui ne connaît que trop bien la nature humaine, s'est résolu à séduire le plus grand nombre. En fin de compte, ceux qui ne recevront pas l'Esprit de vie à travers le Christ auront été conditionnés à négliger tout intérêt pour la connaissance de Dieu. Ils auront été leurrés par Satan pour favoriser le dessein de ce dernier. D'ailleurs, nombreux sont ceux qui prétendent servir le Christ mais qui finissent malgré eux par lui porter préjudice.

Néanmoins, lorsque ce jour viendra, nombreux seront empreints de l'Esprit du Dieu vivant, et face à la mise en œuvre par Satan de ses techniques de cultivation les plus efficaces, leurs esprits rachetés ne se laisseront pas corrompre par les forces des ténèbres. Bien que leur marche avec Dieu sera difficile, leurs cœurs auront atteints un point de non-retour dans les mains du Seigneur. Même si le monde est compromis, sexualisé et irréligieux, ils le regarderont à travers les yeux de Dieu, et leur présence dans ce monde constituera à lui seul un message de jugement. Ils représenteront une menace au gouvernement prochain de l'Antéchrist.

Tandis que la plupart des religions du monde s'effondreront, eux deviendront de plus en plus forts parce qu'ils se seront préparés à être enlevés du monde de façon surnaturelle. Dans la Bible, ces croyants sont les saints du temps de la moisson. Jésus-Christ leur a promis, dans Matthieu 13:24-29 et 13:41-43, qu'Il « enverra ses anges » lors de la moisson pour séparer ceux qui craignent Dieu de ceux qui ont été séduits par Satan et conduits à rejoindre sa rébellion.

Le monde a rejeté les valeurs telles que la foi, l'honneur et la famille et a épousé l'immoralité pour gagner du plaisir. La recherche du bonheur est désormais le credo de la majorité. Selon cette philosophie, le chemin qui mène au bonheur tel que nous le concevons doit coûte que coûte être protégé. Tout ce qui s'y oppose doit être anéanti.

Cependant, les derniers croyants chercheront autre chose. Les ténèbres qui se répandent dans le monde les mèneront à mépriser la vie profane et enflammeront leur passion pour le Royaume de Dieu. Tandis que de nombreux croyants proclamés diluent les principes de Dieu pour justifier le fait qu'ils aiment le « plaisir plus que Dieu » (2 Timothée 3:4), le dernier croyant attend impatiemment l'avènement du Royaume de Dieu et la réalisation de la promesse de l'enlèvement.

Au cours des dernières générations, Satan peinera à influencer ceux qui auront été élevés en croyants. Même si ceux-ci s'éloignent de leur foi, les principes de Dieu subsisteront dans leurs cœurs. La plupart des fils prodigues finiront par retourner à leur Père. La rébellion contre Dieu en tant que telle sera alors inefficace pour Satan; c'est pourquoi il cherche à ce que tous les hommes soient élevés en rebelles et non-croyants absolus. Comment s'y prend-il pour élever une génération de personnes répondant à ce profil? Y parvient-il? Qu'adviendra-t-il de la dernière génération de croyants? Ce livre répondra à ces questions.

PREMIÈRE PARTIE

COMPRENDRE LE
DESSEIN DE SATAN

L'HUMANITÉ DANS UNE CRISE D'IDENTITÉ

LA TRINITÉ CONTRE L'ANIMAL

LA PREMIÈRE ÉTAPE du projet de Satan visant à élever une génération de non-croyants est la modification de notre perception traditionnelle de la nature humaine. C'est parce que de nombreuses personnes continuent de croire que l'être humain est fait d'un esprit, d'une âme et d'un corps que Satan ne peut pas lancer une rébellion de grande ampleur contre Dieu. Si ses tentatives ont tendance à échouer, c'est que les hommes, indépendamment de leur mode de vie quotidien, redoutent la possibilité qu'ils devront répondre de leurs actes sur Terre après la mort.

La croyance en une vie après la mort est un obstacle

pour Satan parce qu'elle donne aux hommes une raison de chercher Dieu. Satan sait qu'il ne peut surmonter cet obstacle qu'en suscitant chez l'Homme une crise identitaire qui finit par le convaincre de l'inexistence du monde spirituel.

LA NOUVELLE IDENTITÉ

Afin d'accomplir son dessein, Satan séduit l'humanité afin qu'elle remette en question sa propre identité. La Parole de Dieu révèle de façon explicite que l'être humain est composé d'un esprit, d'une âme et d'un corps. Mais Satan cherche à susciter une crise identitaire afin que la société humaine soit radicalement transformée. La clé de ce dessein réside dans l'idée selon laquelle l'être humain est uniquement un être corporel. S'il réussit son objectif, Satan conduira le monde moderne à épouser les changements psychologiques et spirituels qui rendront possible l'avènement de l'Antéchrist.

Quand l'humanité se perçoit comme un simple corps, la vie naturelle, qui est la partie la moins précieuse de la vie des hommes, devient la plus précieuse à leurs yeux. Comme ils considèrent que rien ne les attend après la mort, ils s'efforcent de protéger une vie fragile qui ne tient qu'à un fil. Ils s'emploient à améliorer leurs existences, mais ce faisant, ils finissent par détruire à la fois la vie humaine et la planète qui l'abrite.

La perte d'une identité spirituelle véritable conduit la majorité de la planète à ne chercher que le bonheur, ultime but à atteindre. C'est pourquoi les hommes consacrent tant de temps et d'énergie à tenter de satisfaire des ambitions et des désirs inassouvissables. Pourtant, il est depuis toujours très clair que la contrepartie d'un tel épanouissement est coûteuse. Ce que les hommes sacrifient pour des plaisirs éphémères est incommensurable, et ils le font parce que Satan les a convaincu qu'ils n'avaient qu'une vie qui sera tout simplement gâchée s'ils n'en profitent pas assez.

La perte de cette identité véritable produit des vies accessoires pour lesquelles nous sacrifions des choses précieuses. Outre le simple fait d'être en vie, d'où nous vient la notion d'avoir une vie à soi? Que voulons-nous dire par « *c'est ma vie* » ou « que veux-tu faire de ta vie » ? La « *vie à soi* » est un concept accessoire qui est entré dans la langue suite à un changement de perception de l'identité humaine, qui passe notamment d'une nature spirituelle à une nature purement corporelle. Autrement dit, la notion d'une « vie à soi » se renforce lorsque les hommes ne se perçoivent plus comme des êtres essentiellement spirituels mais simplement naturels. Cette notion génère une forme de marché sur lequel Satan peut échanger les vraies substances de la vie, comme la foi, l'amour et la compassion, contre des substances de la vie conceptualisées par l'homme, comme une belle maison, une carrière et un statut social.

Par exemple, l'idée d'une « vie à soi » a conduit de nombreux croyants à voir le divorce comme une solution acceptable aux problèmes matrimoniaux. Nous avons beau prétendre être des créatures spirituelles, nous percevons inconsciemment la vie comme étant physique et nous cherchons à satisfaire nos corps. Dès lors que les croyants adoptent ce point de vue, ils vivent dans la même peur que les non-croyants. La seule différence est leur manière de verbaliser leurs excuses. À titre d'exemple, en demandant à des croyants la raison de leur divorce, on entend souvent:

- « J'avais le sentiment que Dieu pouvait faire un meilleur usage de ma vie ».

- « J'aurais gâché ma vie ».

- « Ma vie s'effondrait sous mes yeux ».

Toutes ces affirmations au sujet de la vie n'ont en réalité rien à voir avec celle dont parle Jésus-Christ lorsqu'Il dit: « *Je suis le chemin, la vérité, et la **vie**. Nul ne vient au Père que par moi.* » (Jean 14:6; je souligne). Lorsque nous disons « ma vie », le mot « vie » renvoie à un ensemble d'aspirations et de désirs humains que nous cherchons à satisfaire. Cette vie dans son sens profane est purement associée au corps physique, à nos existences naturelles. Cependant, la vie à laquelle le Christ fait référence est la véritable vie qui tient compte des êtres que nous sommes dans leur entièreté (esprit, corps et âme). Cette vie spirituelle existe pour réaliser le dessein de Dieu; mais lorsque la vie est perçue comme une « vie à soi », elle existe pour satisfaire une liste d'aspirations et de désirs humains, sans quoi elle est perçue comme un gâchis.

Dans la vie d'un enfant de Dieu, la question n'est jamais de savoir si une vie est bien vécue ou gâchée, mais si le dessein de Dieu a été réalisé. Les hommes ne peuvent essayer d'accomplir la volonté de Dieu uniquement s'ils reconnaissent leur nature spirituelle. La plupart d'entre nous prétendent à la spiritualité, mais peu de gens se perçoivent comme des êtres spirituels. La perte de la juste identité engendre des idées erronées de la vie qui font que le divorce nous apparaît comme un prix modique à payer pour cocher quelques cases dans la colonne « vie à soi » de nos désirs et ambitions.

Les hommes peuvent ainsi descendre bien bas simplement en élevant le corps au-dessus de l'esprit. Lorsqu'ils agissent ainsi, les croyants accomplissent des actes spirituels pour investir dans des choses naturelles, et ils accomplissent des actes naturels en pensant investir dans le spirituel. Par exemple, ils vont à l'église en pensant chercher Dieu, alors qu'au fond d'eux-mêmes ils espèrent que Dieu pourvoira aux besoins de leurs vies terrestres. Pour en revenir au divorce, en dépit de la clarté des Écritures sur le sujet, un croyant chez qui l'identité naturelle a supplanté l'identité spirituelle pourra même aller jusqu'à penser que le divorce lui permettra d'évoluer sur le plan spirituel. Satan est heureux dès lors que les hommes cherchent à satisfaire la chair, et il est tout aussi satisfait lorsque ceux-ci réalisent des actes « spirituels » pour satisfaire un besoin de ce monde.

Par conséquent, au lieu de s'échiner à conduire les gens au péché, Satan préfère changer notre perception de la vie. Les hommes étant plus susceptibles d'adopter les croyances de la majorité, ils épousent rapidement les idées plantées par Satan. Ces contaminations sociales sont souvent si subtiles que, sans la lumière de la Parole et de l'Esprit de Dieu, elles sont quasiment impossibles à détecter.

CORPS OU ESPRIT?

Parmi les trois éléments qui constituent l'être humain, l'esprit est le plus proche de Dieu. Il est le point de connexion avec Dieu. Tout ce qui a trait au monde spirituel est d'abord perçu ou capté par l'esprit avant même d'être transmis à l'âme puis finalement au corps. L'esprit est donc la clé de toute forme de connexion humaine avec Dieu. Satan cherche à détruire toute conscience spirituelle, car la croyance même en l'existence d'une réalité spirituelle est un obstacle potentiel à son projet.

C'est l'équilibre des pouvoirs du corps et de l'esprit qui détermine si l'âme tend vers le salut ou la condamnation. Lorsque l'influence de l'esprit sur l'être est plus forte que celle du corps, l'âme tend vers le salut. Mais lorsque l'influence du corps est plus forte, l'âme tend vers la condamnation.

L'esprit est la connexion humaine à Dieu. Lorsqu'il

domine, l'âme se dirige vers son salut, étant davantage exposée à des influences divines qui viennent à elle par l'esprit. Un telle âme se dévoue et se soumet facilement à Dieu, en considérant qu'une vie sert avant tout à réaliser Sa volonté. Elle vit donc principalement pour les autres.

Le corps est la connexion humaine au monde physique. Lorsque le corps domine, l'âme tend vers sa condamnation, étant plus exposée aux influences du monde terrestre qui lui viennent par le corps. Une telle âme ne saurait être dévouée. Elle perçoit la vie à travers le prisme du corps: les biens matériels, la santé, le plaisir et la garantie d'un avenir en sont les principaux constituants. Elle vit principalement selon l'instinct de conservation; toute éventuelle bonne action est entreprise pour sa satisfaction personnelle ou dans l'espoir qu'on lui rende la pareille un jour.

Afin de détruire l'humanité, Satan tente de semer le conflit entre le corps et l'esprit. Dans 1 Thessaloniciens 5:23, il est écrit que l'être humain est fait de trois éléments: l'esprit, l'âme et le corps. La volonté de Dieu veut que les êtres humains s'efforcent d'être guidés par leur esprit, et Satan sait qu'il suffit d'un simple conflit entre le corps et l'esprit pour altérer la nature humaine. L'apôtre Paul évoque ce conflit dans l'épître aux Galates 5:16-17: « *Je dis donc: Marchez selon l'Esprit, et vous n'accomplirez pas les désirs de la chair. Car la chair a des désirs contraires à ceux de l'Esprit, et l'Esprit en a de contraires à ceux de la chair; ils sont opposés entre eux, afin que vous ne fassiez point ce que vous voudriez.* » Bien que l'esprit, l'âme et le corps sont trois éléments distincts, ils ne peuvent aucunement être isolés ou influencés séparément. Tout ce qui influe l'un influe également les deux autres, bien que pas toujours de la même manière.

La vie est régulée exclusivement par deux forces: l'attirance au salut (force spirituelle) et l'attirance à la condamnation (force charnelle). S'il n'existe que ces deux influences, c'est simplement parce que tout être humain est constitué d'un esprit, d'une âme et d'un corps. L'âme n'est autre que *ce que l'on est*. L'esprit est notre véhicule dans le monde spirituel et le corps est notre véhicule dans le monde physique. L'attirance au salut est une force qui touche à l'esprit et l'attirance à la condamnation est une force qui touche au corps.

En d'autres termes, la vie humaine est une série de choix faits par l'âme et par lesquels celle-ci décide de suivre le corps ou l'esprit. Nous sommes constamment attirés par le salut ou la condamnation, par la vie éternelle ou la séparation éternelle de Dieu. Même Jésus évoque ces deux choix dans l'évangile selon Matthieu: « *Entrez par la porte étroite. Car large est la porte, spacieux est le chemin qui mènent à la perdition, et il y en a beaucoup qui entrent par là. Mais étroite est la porte, resserré le chemin qui mènent à la vie, et il y en a peu qui les trouvent.* » (Matthieu 7:13-14) Jésus nous montre que l'âme ne peut choisir qu'entre le chemin large et le chemin étroit. La plupart des âmes empruntent le chemin large, qui est le plus confortable pour le corps, bien qu'il mène à la condamnation éternelle. À l'inverse, le chemin étroit – bien que difficile et choisi par un petit nombre d'âmes – mène à la vie éternelle. Tous les êtres humains, croyants ou non, consciemment ou inconsciemment, choisissent entre ces deux chemins.

LE MODÈLE DE DIEU

Dieu place délibérément l'esprit au-dessus de l'âme et du corps. En situation d'harmonie, l'esprit capte la volonté de Dieu, qui provient du monde spirituel, puis transmet cette volonté à l'âme pour que le corps l'exécute finalement sur Terre. C'est ainsi que fonctionnait Adam à l'origine.

Bien que l'âme soit l'essence de l'être humain, l'esprit reste supérieur à l'âme et au corps parce qu'il renferme la partie divine de chacun d'entre nous. C'est la raison pour laquelle Jésus nous dit, dans l'évangile selon Jean 6:23: « *C'est l'esprit qui vivifie; la chair ne sert de rien. Les paroles que je vous ai dites sont esprit et vie* ». Cela signifie que l'esprit est la partie la plus importante de tout être humain. D'ailleurs, tant que l'esprit influence l'être, l'âme vit en parfaite harmonie avec le dessein de son existence choisi par Dieu. Dans ce modèle, l'humanité est prédisposée à la foi et à la dévotion parce qu'une forte influence divine véhiculée par l'esprit domine l'être tout entier.

LE MODÈLE DE SATAN

Satan cherche à influencer l'âme en donnant de l'importance au corps. Son modèle ignore complètement l'esprit: il cherche à asseoir l'autorité du corps de manière à ce que celui-ci influence toute décision prise par l'âme. Ces décisions émanant du corps, ce modèle a pour objectif final la négation de l'existence de l'âme et de l'esprit. L'humanité n'est alors consciente que de son existence naturelle.

C'est la raison pour laquelle les non-croyants finissent par nier l'existence de l'âme et de l'esprit humains. Les décisions de leurs âmes étant fortement influencées par leur corps, ils n'ont aucun lien à Dieu et aucune expérience spirituelle. Ils perçoivent leur existence comme étant équivalente à celle de tout autre animal de la nature, la seule différence étant la supériorité de leur intelligence. Par conséquent, dans la dernière étape de l'évolution de ce modèle, avant la seconde venue du Christ, la majorité du monde nie l'existence de l'âme et de l'esprit humains.

À ce stade du projet de Satan, l'humanité identifie l'être au corps seul. Selon elle, il n'existe pas de vie après la mort et elle n'est pas redevable à un créateur. L'homme n'est ainsi qu'un animal parmi d'autres qui doit obéir à son instinct animal au lieu d'essayer de le contrôler, comme nous l'ordonne pourtant la Parole de Dieu dans l'épître aux Galates 5:16: « *Marchez selon l'Esprit, et vous n'accomplirez pas les désirs de la chair* ». Pour ces personnes, la vie est dictée par la survie, l'instinct de conservation. C'est pourquoi, dans le modèle de Satan, l'équité est placée au-dessus de la vertu et devient elle-même justice: le vivre-ensemble nécessite des compromis, sans quoi nous serions voués à nous détruire les uns les autres.

Cela est une parfaite recette d'impiété. Dieu n'est pas équitable mais juste; Il ne fait pas de compromis pour coexister avec les ténèbres. Par Sa nature, Il les abolit pleinement. Par exemple, la différence entre le militantisme LGBT (Lesbiennes, gays, bisexuels et transgenres) et le militantisme pour les droits civils introduit par Martin Luther King réside dans le fait que les militants LGBT réclament l'équité là où les militants pour les droits civils réclamaient la justice. L'équité est la justice de l'homme – mais la véritable justice est celle de Dieu. Ce modèle promeut un esprit de compromis qui mène les hommes à infléchir les principes moraux pour que ceux-ci cohabitent avec les principes immoraux, et à infléchir les valeurs religieuses et culturelles pour permettre le vice au nom de l'équité. C'est une forme de survie.

Lorsque nous donnons la préséance au corps sur l'âme, Satan est libre de contrôler l'âme comme il le souhaite. Il s'y immisce lentement de sorte que l'être devienne davantage conscient de ses sensations physiques que de son existence spirituelle. Cette conscience amplifiée de la réalité physique nous donne l'impression que l'être est essentiellement un corps. Nous sommes donc incapables d'établir des liens avec Dieu, car cela n'est possible qu'à travers l'esprit.

Satan sait qu'il ne peut s'immiscer dans un être humain que par la voie du corps ; il incite donc toujours le corps à dominer l'esprit. À mesure que nous avançons dans ce récit, nous montrerons comment, durant les derniers jours, il utilise des tactiques et des outils familiers afin de conditionner les gens à vivre comme s'ils n'avaient ni âme ni esprit. Il crée une illusion qui nous incite au péché : nous nous livrons à des pulsions impropres et ignorons notre volonté, subtile mais profonde, de renouer un lien avec Dieu.

Satan sait que l'humanité est une trinité, et que le lien qu'Adam et Ève entretenaient avec Dieu – l'esprit qui leur avait été insufflé par Dieu – a toujours été son plus grand obstacle. Il a donc toujours cherché à rompre ce lien entre Dieu et l'homme, chose dont même le péché n'est pas capable. Tant que l'homme dispose d'un esprit, d'une âme et d'un corps, il existe un portail ouvert entre lui et Dieu. Le seul moyen pour Satan d'écarter l'esprit est donc de susciter chez l'homme une crise identitaire, une perte totale de conscience spirituelle.

Que faudra-t-il à l'humanité pour perdre sa conscience spirituelle originelle ? Comment Satan la conduit-elle à cet état ? Ces questions sont soulevées dans le chapitre suivant.

CHAPITRE 2

LA BATAILLE DU CULTE

Une manière de rompre le lien entre l'humanité et Dieu est de s'attaquer à notre penchant inné pour l'adoration. L'histoire des Israélites et de leur marche aux côtés de Dieu nous montre qu'un comportement idolâtre a toujours été le moyen le plus facile et le plus rapide de susciter le jugement du Seigneur. Dans son effort pour mener le peuple de Dieu à la destruction, Satan sait que l'idolâtrie est, de loin, son arme la plus puissante et la plus efficace. Notre prédisposition naturelle à l'adoration a toujours été la cible du diable, et ce depuis le tout premier jour de notre existence. Satan exploite cette facette de la nature humaine pour faire de nos cœurs des champs de bataille.

Quand les hommes n'adorent pas Dieu, ils trouvent inévitablement un substitut à adorer. Ce désir d'adoration est inscrit dans notre nature divine. Satan en tire avantage pour retourner l'humanité contre Dieu ; il lui suffit de trouver d'autres objets de culte à même de gagner le cœur des hommes. Lorsqu'un substitut prend la place de Dieu, les hommes tombent dans l'idolâtrie.

Le Trésor de la langue française informatisé (TLFi) définit le culte comme un « *hommage religieux rendu à Dieu, à quelque divinité, à un saint* ». Cette définition correspond à l'idée que l'on se fait généralement du culte en tant qu'acte.

Cependant, les Écritures vont plus loin en introduisant l'idée de « véritable adoration ». Jésus explique que les vrais adorateurs adorent « *le Père en esprit et en vérité* » (Jean 4 :23).

Rendre hommage à Dieu ne fait pas de nous des adorateurs, car cet hommage doit être rendu en esprit et en vérité. En outre, le plus grand commandement de la loi nous dit : « Tu aimeras le Seigneur, ton Dieu, de tout ton cœur, de toute ton âme, et de toute ta pensée » (Matthieu 22 :36-40). Établir un lien entre le plus grand commandement et la définition du culte nous permet de comprendre ce qu'est l'adoration aux yeux de Dieu.

Les hommes ont toujours été des adorateurs. S'ils n'adorent pas le Seigneur le Très-Haut, ils adorent quelque chose ou quelqu'un d'autre. Lorsque nous adorons Dieu, outre le fait de Lui rendre hommage, nous Lui rendons sa juste place, celle que Lui seul peut occuper. Dès lors que Dieu perd cette position unique dans le cœur, l'âme et l'esprit d'un homme, l'adorateur devient un idolâtre. Mais comment Dieu peut-il perdre cette place ? La liste des priorités qui suit va nous permettre de l'illustrer.

LA LISTE DES PRIORITÉS

Le cœur, l'âme et l'esprit peuvent être apparentés à une liste de priorités à la tête de laquelle figure l'élément qui fait l'objet de l'adoration. Il est ainsi facile de tomber dans l'idolâtrie tout en continuant à croire que nous adorons Dieu. Un vrai disciple s'efforce toute sa vie durant de garder Dieu à la tête de la liste. Mais parfois nous nous laissons tenter par les pulsions de la chair et adorons momentanément d'autres choses.

Les hommes classent leurs souvenirs selon leur importance. Nous sommes plus enclins à garder en mémoire les choses qui nous tiennent le plus à cœur. Le cerveau humain a également tendance à se rappeler ces choses régulièrement; c'est la raison pour laquelle, de temps à autres, vous pensez à votre femme, à votre enfant, ou à un e-mail important auquel vous devez répondre. C'est parce que ces choses occupent une place importante dans votre cœur, votre âme et votre esprit que vous êtes capables non seulement de vous en rappeler, mais de faire en sorte qu'elles restent au cœur de vos préoccupations.

De la même manière, lorsque Dieu occupe la première position sur votre liste de priorités, vous pensez à Lui souvent. Tout comme des époux pourraient se demander si leur conjoint approuverait ou non de telle action ou décision, vous vous demanderiez continûment si Dieu approuverait ou non de vos actions et décisions. Ainsi, lorsque Dieu est en haut de la liste des priorités d'une personne, Il précède tout et tout le monde dans la vie de cette personne. Cela signifie que *tout et tout le monde* (femme, mari, petite amie, petit ami, enfants, carrière, profession, soi-même) sont secondaires sur la liste.

Lorsque Dieu est en tête de liste, nous recevons Sa présence en Le plaçant au devant de tout, indépendamment de la situation dans laquelle nous nous trouvons. Une telle attitude peut s'illustrer par les exemples suivants:

- L'œuvre de Dieu est plus importante que tout.

- Nous cherchons le plus souvent à honorer la volonté de Dieu plutôt que la nôtre. Par exemple, nous préférons consacrer davantage de temps à soutenir le travail missionnaire qu'à prier pour avoir une nouvelle voiture.

- Nous adoptons plus facilement des attitudes telles que le pardon ou l'humilité car nous cherchons à plaire à Dieu. Nous ne choisissons pas de pardonner à une personne selon si elle le mérite ou non, mais selon la volonté de Dieu concernant son pardon. L'humilité ne sert pas à éviter les conflits avec l'amour-propre d'un autre, mais à plaire à Dieu.

Lorsqu'une personne n'a pas Dieu en première place sur sa liste de priorités, le péché peut s'immiscer dans sa vie et, progressivement, cette personne se met à commettre des actions répréhensibles. Une vie est caractérisée par le vertu ou le péché selon l'ordre des choses en haut de la liste des priorités.

Pour la plupart des hommes, le « moi » est en tête de liste. C'est l'état dans lequel vivent tous les animaux et la raison pour laquelle ils placent leur survie au-dessus de tout. Personnellement, je pense que la chute d'Adam et Ève est à l'origine de cette condition ; je ne pense pas que leur égoïsme soit inné. Paul était peut-être d'accord avec moi lorsqu'il disait dans l'épître aux Romains 8:20 que « la création a été soumise à la vanité, non de son gré, mais à cause de celui qui l'y a soumise, avec l'espérance qu'elle sera affranchie de la servitude de la corruption, pour avoir part à la liberté de la gloire des enfants de Dieu ».

Lorsque le « moi » occupe la première place sur la liste d'une personne, celle-ci tombe dans l'idolâtrie. Souvenez-vous: les hommes sont conçus pour adorer ce qui domine leur liste. Cela dit, le péché n'est autre que de l'idolâtrie; lorsqu'il s'introduit dans la vie d'un croyant, il indique que l'ordre de sa liste a été modifié. Plaire à Dieu n'étant plus prioritaire, ce que cette personne attend de Dieu devient plus important que ce que Dieu attend d'elle.

Souvent, la forme d'idolâtrie dans laquelle tombent les croyants est difficile à détecter. Par exemple, lorsque Dieu domine la liste, nous avons tendance à faire en priorité ce qu'Il attend de nous : obéir à Sa Parole, prêcher l'Évangile, et soutenir Son œuvre. Mais lorsque Dieu descend dans la liste des priorités, ne serait-ce que d'un seul cran, ce que le croyant attend de Dieu gagne en importance. Nous attendons de Dieu la satisfaction de nos besoins, la clémence et la miséricorde.

Ces deux états d'esprit indiquent une maturité ou une immaturité, une force ou une faiblesse sur le plan spirituel. Ils révèlent l'ardeur de la passion en chaque croyant. Tous ceux qui voient en Dieu un pourvoyeur ne sont pas des idolâtres pour autant. Simplement, lorsque Dieu domine la liste, nous cherchons à Lui plaire plus que nous attendons qu'Il nous plaise.

Souvent, les croyants qui ôtent Dieu du haut de leur liste supportent mal les sermons sur le péché. Ils se comportent comme un époux infidèle: sur la défensive en situation coupable, et sur l'offensive lorsqu'il s'agit de justifier ses actes. Cette personne ne réalise pas forcément que Dieu ne domine plus sa liste, même s'Il y occupe encore une position plus ou moins élevée. À ce stade, elle pourra même s'efforcer d'identifier et d'éliminer les choses qui influent négativement sur sa relation avec Dieu.

Lorsque le Christ est la principale priorité, le croyant élimine instinctivement tout ce qui pourrait influer sur sa relation avec Dieu. C'est ce que signifie le Christ lorsqu'Il dit, dans Marc 9:47 : « Si ton œil est pour toi une occasion de chute, arrache-le ; mieux vaut pour toi entrer dans le royaume de Dieu n'ayant qu'un œil, que d'avoir deux yeux et d'être jeté dans la géhenne ». Ce croyant-là refuse la seule tentation de mettre quoique ce soit d'autre au sommet de la liste.

La Bible nous révèle que le plus grand commandement est d'aimer Dieu de tout son cœur, de toute son âme et de toute sa pensée. Cela ne signifie rien d'autre que de mettre Dieu en première position sur sa liste des priorités. Le plus grand commandement et la véritable adoration sont une seule et même idée. Souvenez-vous : tout ce qui est au sommet de notre liste fait l'objet de notre culte. Si ce n'est pas Dieu, on est dans l'idolâtrie. Si l'amour ou l'adoration de Dieu est le plus grand commandement, l'idolâtrie est le plus grand péché. C'est la raison pour laquelle tout péché est une forme d'idolâtrie.

Comprenez-moi bien. Ce qui est au sommet de la liste ne doit pas être confondu avec ce qui, de temps à autre, préoccupe la pensée. Par exemple, le fait d'être préoccupé par le travail ne signifie pas que celui-ci est plus important que vos enfants. Il se pourrait même que ce souci temporaire lié au travail provienne de votre désir de subvenir au mieux aux besoins de vos enfants.

Il se peut cependant que certaines préoccupations gravissent plusieurs échelons sur la liste, de sorte qu'elles deviennent plus importantes qu'elles ne le devraient. C'est par exemple le cas lorsqu'une une préoccupation liée au travail, au lieu de faire partie d'une priorité plus large, devient *la* priorité au point de vous faire quasiment oublier vos enfants. Cela modifie votre état d'esprit et, au final, conduit au péché.

L'adoration est inscrite dans la nature humaine. Nous passons notre temps à classer les choses par ordre de priorité en fonction de leur importance. Outre ces choses qui nous préoccupent provisoirement, il existe au plus profond de notre être une chose que nous tenons à cœur plus que les autres. Dieu devrait occuper cette place; malheureusement, nous Le remplaçons souvent par des personnes ou des choses de ce monde.

Chacun d'entre nous a une liste de priorités. Cela signifie que nous sommes tous des adorateurs, même les athées parmi nous. Mais qui fait l'objet de l'adoration? Dieu, quelqu'un d'autre, ou *quelque chose* d'autre? Délibérément ou non, nous aimons tous quelque chose de tout notre cœur, de toute notre âme et de toute notre pensée. Simplement, nombreux sont ceux qui ne réalisent pas que cette chose qu'ils ont choisi de mettre en première position sur leur liste n'y a pas sa place.

Même si vous n'adorez pas Satan, celui-ci est très satisfait lorsque Dieu ne domine pas votre liste des priorités. C'est la raison pour laquelle sa principale stratégie est de proposer des distractions. Il a horreur des croyants qui sont pleinement tournés vers Dieu, alors il s'attaque à notre lien avec Lui, à savoir, notre esprit. Il vous sait infaillibles tant que vous marchez aux côtés de l'esprit. Il ira s'il le faut jusqu'à laver le cerveau des hommes pour qu'ils cessent d'adorer Dieu, alors qu'en réalité, cette adoration est ce à quoi nous aspirons et ce pour quoi nous sommes faits.

L'ESPRIT DE L'HOMME EST SON LIEN AU ROYAUME DE DIEU

L'esprit humain est la partie de l'humanité qui nous lie au domaine de Dieu et qui, par conséquent, vit perpétuellement dans l'adoration. Nul ne peut être lié à Dieu ni le connaître sans l'adorer. L'esprit a une meilleure connaissance de Dieu que l'âme et le corps. La splendeur et la grandeur de Dieu font que toute créature à qui Sa nature aurait été révélée se comporte en adoratrice. C'est pourquoi l'esprit humain est plus susceptible que le corps de se soumettre à Dieu. C'est aussi la raison pour laquelle, par le simple fait d'avoir un esprit, chaque être humain sur Terre possède le désir profond et parfois enfoui d'avoir une relation avec le Créateur.

Le meilleur moyen de réfléchir à la question est de s'imaginer en face d'une célébrité, comme une star de la télévision, un président, ou un roi. Reconnaître la grandeur de cette personne rend la rencontre avec elle plus spéciale qu'avec un individu ordinaire. Vous êtes même plus susceptibles de vous sentir intimidés ou inférieurs en leur présence qu'en présence d'un individu ordinaire. Peut-être même que vous leur réservez un traitement de faveur digne de leur nom. De la même manière, notre esprit est plus susceptible de traiter Dieu différemment parce qu'il est la partie de nous qui est exposée à Lui.

L'esprit d'une personne est son lien avec Dieu, le point de communication avec Lui. C'est par l'esprit que la prophétie est livrée au prophète, que la vision vient au voyant, et que l'inspiration de l'Esprit saint nous est insufflée.

Rien ne nous parvient du monde spirituel si ce n'est à travers l'esprit. Par exemple, l'Esprit saint a maintes fois révélé à Jésus, à travers Son Esprit, les pensées des autres. Dans Marc 2:8, il est écrit: « Jésus, ayant aussitôt connu par son esprit [esprit de l'homme] *ce qu'ils pensaient au dedans d'eux, leur dit : Pourquoi avez-vous de telles pensées dans vos cœurs ?* ». De même, Romains 8:16 nous dit que l'Esprit saint révèle des choses à notre esprit: « L'Esprit [saint] *lui-même rend témoignage à notre esprit* [esprit de l'homme] *que nous sommes enfants de Dieu*».

Satan veut rompre tout lien spirituel avec Dieu, et pour ce faire, il souhaite que les hommes n'aient pas conscience du royaume spirituel et qu'ils se perçoivent comme des corps plutôt que des créatures spirituelles. Il sait que cette illusion contamine l'humanité d'une attitude inconsciente d'adulation ou d'adoration de soi, qui n'est possible que lorsque l'influence du corps sur l'être est supérieure à celle de l'esprit.

Dans cette situation, Satan gagne un avantage. En revanche, lorsque l'influence de l'esprit sur l'être est supérieure à celle du corps, l'être tout entier est plus sensible aux choses divines et ne peut pratiquement jamais tomber dans l'adoration de soi. Cependant, lorsque le corps domine, la chair s'élève au rang de priorité et la personne tombe dans l'adoration d'elle-même.

C'est parce que le corps a aussi la capacité de contrôler l'être tout entier que Satan se met systématiquement de son côté. Le corps est un parfait subterfuge pour tromper une créature qui n'avait été créée pour n'adorer que Dieu. Comme nous l'avons vu précédemment, l'être humain est incapable de ne pas adorer. S'il n'adore pas Dieu, il adore autre chose. Lorsque cela se produit, le « soi » s'élève au sommet des priorités et le corps devient un nouveau dieu. L'adulation d'elle-même fait de cette personne une idolâtre, ce qui plaît à Satan parce que les idolâtres sont les ennemis de Dieu.

En conséquence, entre l'esprit, l'âme et le corps, le but de Satan est de mettre en avant le corps car, par défaut, celui-ci tentera de se hisser au sommet de la liste des priorités. C'est la raison pour laquelle Satan s'efforce notamment de:

- Faire en sorte que les chrétiens aiment le monde plus que le Royaume de Dieu.

- Diffamer les prédicateurs qui soulignent les effets négatifs du péché sur le développement du croyant.

- Favoriser les prédicateurs qui détournent les chrétiens du développement spirituel en faveur de la prospérité financière.

- Favoriser le « compromis » aux dépens de « l'obéissance » entre parents et enfants.

- Favoriser l'égalité entre le mari et la femme, qui va à l'encontre du modèle biblique dans lequel le mari est l'autorité de la famille.

- Favoriser la déviation sexuelle aux dépens de la sexualité naturelle.

- Favoriser l'expérimentation sexuelle aux dépens de la pureté et la chasteté.

- Favoriser le libéralisme aux dépens des textes fondateurs.

- Favoriser la profanation aux dépens de la sainteté.

Cette liste pourrait se prolonger longuement, mais ce à quoi il convient de réfléchir est la manière dont Satan favorise le corps aux dépens de l'esprit dans chacun des points évoqués. Il en ressort que tout ce que Satan promeut dirige les hommes dans la direction opposée à la Parole de Dieu. Satan dispose d'un système sophistiqué de très grande ampleur par lequel des anges déchus et des êtres humains assujettis œuvrent nuit et jour pour entraîner l'humanité à se rebeller contre Dieu. Pour ce faire, ils s'emploient à affranchir le corps du contrôle de l'esprit, ou à « libérer l'animal en nous », dans un langage plus théâtral.

Il n'est pas facile pour Satan de duper l'humanité afin qu'elle adore le *soi*, parce que le *soi* est un concept déroutant et étranger à l'homme, qui fut créé à l'image de Dieu. Dieu est désintéressé par nature. Il est amour, bonté, miséricorde, et bien d'autres choses encore. Toutes ces qualités présentes dans la nature de Dieu sont désintéressées. Or, l'être humain a la même nature que Dieu. Bien que cela puisse sembler difficile à croire, il est aussi désintéressé et toutes ces qualités de la nature divine (amour, bonté, etc.) caractérisent également la vraie nature humaine.

L'esprit est l'essence de l'homme. C'est la raison pour laquelle le *soi* est, ou devrait être, un concept étranger à l'humanité; l'esprit aura toujours tendance à être désintéressé parce qu'il est avant tout influencé par Dieu. Il est la part de nature divine chez l'homme; il lui est donc difficile d'élever le *soi* ou d'être égocentrique. D'ailleurs, il n'a aucune raison de le faire puisqu'il n'est pas concerné par la loi du plus fort. L'aspect animal, le corps, est la partie susceptible de devenir égocentrique car elle est en permanence tentée de lutter pour la vie.

Chez l'être égocentrique, l'esprit est dominé par la chair. Le corps est comme un animal, égoïste par nature. Dans le langage courant, cela s'appelle « l'instinct de conservation ». Tous les animaux présents dans la nature luttent pour *se* préserver (le *soi* prime). Les hommes tombent dans ce schéma de pensée lorsqu'ils se mettent à voir le monde du point de vue du corps, lorsqu'ils oublient l'existence de leur esprit lié au Créateur qui les a mis sur Terre pour accomplir Sa volonté.

Satan fait tout pour redéfinir le soi comme étant un simple corps. C'est un leurre qui mène l'humanité à s'identifier à sa chair seule, son côté animal ou égoïste. La chair n'est autre que la représentation physique des êtres que nous sommes. L'illusion de l'être comme avant tout un corps fait l'objet du verset 5 du chapitre 3 de la Genèse, dans lequel les yeux de l'homme spirituel et adorateur ne sont plus tournés vers Dieu mais vers le soi (« Vous serez… le *soi* sera… parce que je serai… je mange donc le fruit défendu… vous voyez enfin ce que vous pouvez posséder et ressentir », dit Satan). Dans cet exemple, l'homme n'est plus fait d'un esprit, d'une âme et d'une chair, mais simplement d'une chair.

Satan mit en œuvre ces mêmes techniques lorsqu'il tenta le Seigneur Jésus. Dans Matthieu 4:1-11, il lui dit: « Si tu es Fils de Dieu, ordonne que ces pierres deviennent des pains ». Il savait que Jésus était conscient d'être à la fois esprit et chair. Il savait également qu'il ne serait pas facile de duper le Seigneur pour qu'Il se décrive comme une chair affamée. Il utilisa donc l'expression « *Fils de Dieu* » dans l'espoir que le Seigneur désintéressé, qui jeûnait pour le salut de l'humanité, fasse preuve d'égoïsme tout en se reconnaissant comme « *Fils de Dieu* ». Mais le Seigneur resta fidèle à la révélation de Sa nature et répondit: « L'homme ne vivra pas de pain seulement [chair/monde naturel], *mais de toute parole* [monde spirituel] *qui sort de la bouche de Dieu* ».

Le Seigneur resta fidèle à Sa définition de la nature de l'humanité, sans laisser la chair seule dicter sa réponse. Par la force de son esprit, Il répondit exactement ce que Son Père attendait de lui qu'Il réponde. Jésus savait qu'Il était plus que simple chair, et que la nature humaine était faite de trois éléments : esprit, âme et corps. On ne pourra le répéter assez : l'esprit est le lien de l'homme au monde spirituel tandis que le corps est son lien au monde naturel.

Selon le penchant de l'âme, l'influence du monde naturel est parfois supérieure à celle du monde spirituel, tandis que d'autres fois le monde spirituel domine. Lorsque c'est le cas, l'homme reflète la nature de Dieu; lorsque le monde naturel domine, il reflète la nature animale.

Le penchant délibéré d'une âme vers l'esprit ou vers la chair peut préfigurer le penchant de l'esprit vers le bien ou le mal. La nature divine favorise l'abnégation de soi tandis que la nature animale favorise l'égoïsme. Dans l'histoire de l'humanité, certaines personnes réussirent à faire preuve d'un degré d'abnégation de soi supérieur à celui des autres en cultivant la part divine en eux, l'esprit. Citons les exemples de Mère Térésa, Mahatma Gandhi, des soldats qui firent preuve d'un courage extraordinaire en mettant leurs propres vies en péril pour sauver celles de leurs camarades de guerre, ou encore des personnes qui se sacrifient pour leurs familles au nom d'une cause qui les dépasse.

Le but de Satan est de rendre le corps si puissant qu'il en efface l'existence même de l'esprit. Il a tout intérêt à ce que nous nous définissions comme des corps vivant pour satisfaire leurs propres désirs (l'idolâtrie). Si Satan venait à réussir, le monde définirait la vie par le désir et la plénitude par leur capacité à satisfaire ces désirs plutôt que la volonté du Créateur. Les désirs humains dicteront les règles et la moralité de la société. À mesure que nous avançons dans notre récit, nous verrons comment Satan dupe la majorité des hommes et les incite à commettre le plus grand péché qui soit, pour provoquer Dieu le Très-Haut et pour qu'Il déchaîne sa colère contre l'humanité.

LA CAMPAGNE POUR LA LIBERTÉ

> « *Le conformisme est le geôlier de la liberté et l'ennemi de l'épanouissement.* »
> JOHN F. KENNEDY

> « *Soumettez-vous donc à Dieu; résistez au diable, et il fuira loin de vous.* »
> JACQUES 4:7

POUR LE DIABLE, corrompre l'humanité n'a jamais été une tâche facile. Il est prêt à tout pour mener le plus d'âmes humaines possible en enfer. Bien que la semence du péché soit déjà introduite dans l'humanité, Satan sait que l'esprit à l'intérieur de l'homme reste problématique en raison de sa prédisposition à chercher Dieu et Sa présence.

C'est pour cela que l'esprit des hommes est le premier obstacle de Satan dans son effort de corrompre l'humanité. Pour désarmer l'esprit, Satan cherche à semer le chaos au sein même de l'être humain dans toutes ses composantes, qui incluent l'esprit, l'âme et le corps.

La société humaine ne suivra Satan que si elle est dupée.

Le but de Satan est d'attiser le conflit entre le corps et l'esprit. Le concept de « liberté » est sa stratégie pour réduire au silence l'esprit humain afin que l'humanité devienne complètement insensible à la voix de Dieu et à toute influence spirituelle de Sa part. Cela n'est pas la véritable liberté mais un appât qui trompe l'humanité, l'éloigne de Dieu et la rend aveugle à Sa vérité.

Qui ne voudrait pas être libre? Satan commença sa campagne pour la soi-disant liberté dans l'Europe du XVe siècle en mettant à mal les structures sociales traditionnelles. À cette époque, les rois avaient des sujets et les maîtres des serviteurs, voire des esclaves. Les femmes n'avaient pas ou peu de droits. Ces temps furent difficiles pour de nombreuses personnes mais, avec l'arrivée d'idées libertaires, ils se prêtaient parfaitement à la survenue d'une révolution culturelle.

Alors que ces idées libertaires se propageaient à travers l'Europe par le biais de la littérature et des arts, ceux qui les épousaient entrevirent l'occasion de changer non seulement l'Europe mais l'humanité tout entière pour le meilleur. Ces idées furent mises en pratique sans limite; dans les nations où elles prospéraient, elles eurent des répercussions d'abord très positives sur tous les pans de la vie humaine.

Malheureusement, le projet de Satan à travers ce mouvement était bien plus sombre. Il cherchait à utiliser une « liberté » trompeuse pour préparer le terrain à la gouvernance de l'Antéchrist, et ce en visant trois cibles:

- Le gouvernement

- L'économie

- La famille

LIGNE D'ACTION GOUVERNEMENTALE

Satan cherche à changer les systèmes gouvernementaux de tous les pays parce qu'il prépare l'ascension de l'Antéchrist à la tête du monde. Cela nécessite un système gouvernemental particulièrement stable et contrôlable qui puisse aussi se répandre dans toutes les nations du monde. Les idées de liberté ébréchèrent progressivement les conceptions traditionnelles du gouvernement; les plus grandes démocraties modernes, comme la France et les États-Unis, s'érigèrent. Cette transformation se ressentit d'abord en Europe et en Amérique; ce ne fut qu'une question de temps avant qu'elle ne gagne le reste du monde.

Le message-clé de l'Antéchrist est « le salut du monde » qui comprend la paix et la prospérité ainsi que la garantie d'un avenir meilleur. Satan a besoin d'un système politique stable afin que l'Antéchrist n'ait pas à faire face à des guerres civiles et des rébellions alors qu'il prêche la paix mondiale. Ronald Reagan a un jour déclaré que *« la démocratie mérite d'être défendue jusqu'à la mort, car elle est la forme de gouvernement la plus honorable jamais conçue par l'homme »*. Tout comme le Président Reagan, nombreux aujourd'hui pensent que la démocratie est le meilleur système politique connu à ce jour. En tant qu'outil à même d'ériger la paix et la prospérité mondiales, la démocratie séduit le plus grand nombre. Mais le monde pourrait être pris au dépourvu le jour où il réalisera que la démocratie et Dieu sont parfaitement incompatibles.

En outre, Satan veut que ce système politique soit contrôlable. Pour contrôler la démocratie, il doit créer l'illusion du pouvoir du peuple: il veut que le peuple pense détenir le pouvoir grâce à sa capacité à élire les dirigeants qui mettront en œuvre telle ou telle mesure.

Il n'est pas aisé de contrôler un système démocratique régit par l'état de droit. Mais force est de constater qu'avec suffisamment d'argent, même les démocraties stables comme les États-Unis peuvent être contrôlées. Souvent, ce sont les bailleurs de fonds des élus qui influencent réellement les politiques gouvernementales.

De plus, Satan veut que cette forme de système politique se propage à travers le monde de sorte que les gouvernements de toutes les nations partagent un certain degré d'uniformité. Un système politique répandu ouvre la voie à l'unification et facilite la gestion de ce large système. La démocratie, en tant que solution humaine, est à ce jour le meilleur système gouvernemental; Satan n'aura donc pas grand effort à fournir pour que ce système soit adopté partout dans le monde. La seule chose dont il a désespérément besoin et qu'il ne peut avoir est le temps. Il faut du temps pour qu'une nation tout entière se mette à réfléchir de manière démocratique, et plus de temps encore pour que le reste du monde suive le mouvement.

LIGNE D'ACTION ÉCONOMIQUE

En appliquant les idées de liberté à l'économie, Satan sculpte un système économique qui lui permet de gagner le contrôle des richesses du monde. C'est ainsi que naquit le capitalisme – le système économique le plus efficace connu à ce jour. Mais en définitive, Satan usurpe à l'économie mondiale la majeure partie de ses richesses, qu'il place entre les mains de ceux qu'il choisit pour faire advenir l'Antéchrist.

En associant capitalisme et démocratie, on crée un système de fer et d'argile. Lorsqu'il décrit la vision de Nebuchadnezzar, Daniel dit que le dernier empire universel sur Terre est représenté par un mélange de fer et d'argile, de force et de faiblesse. En ses propres termes, Daniel dit : « Et comme tu as vu les pieds et les orteils en partie d'argile de potier et en partie de fer, ce royaume sera divisé ; mais il y aura en lui quelque chose de la force du fer, parce que tu as vu le fer mêlé avec l'argile » (Daniel 2:41). L'association du capitalisme et de la démocratie fait du monde un système stable de gagnants et de perdants avec d'un côté les très riches et de l'autre les très pauvres (le fer et l'argile).

LIGNE D'ACTION FAMILIALE

Ces idées de liberté ont rapidement mis à mal la structure familiale traditionnelle. De nouveau, les penseurs et la littérature libertaires ont d'abord initié de nombreux changements positifs dans le monde. Satan commence par laisser ces changements positifs se réaliser afin d'y dissimuler son propre dessein. On veut protéger les femmes et les enfants de la maltraitance, puis instaurer l'égalité entre maris et femmes; puis lentement on gagne le terrain de la moralité et de la foi. Satan cherche à faire perdre aux hommes leurs repères de manière à les remodeler à son image.

La lutte de pouvoir entre parents et enfants

Une fois que les hommes vivent dans une société plus libre, Satan peut tenter de détruire la famille en utilisant les lois mêmes qui avaient été instaurées pour la protéger. La peur des poursuites judiciaires liées à la maltraitance d'enfants ôte aux parents leur autorité ; la loi les conduit donc à gâter leurs petits. Très vite, la délinquance juvénile monte en flèche. Les corrections aux enfants – qui s'inscrivaient autrefois dans le cadre d'un amour inconditionnel – ne sont désormais infligées que dans les lieux de détention pour mineurs (avec l'amour en moins). Même dans le domaine de l'éducation, nombreux sont ceux qui sont conditionnés à faire plus confiance au gouvernement qu'aux parents au sujet de l'éducation des enfants.

Les activités de protection des mineurs ont donné des résultats surprenants. Elles ont d'abord sauvé de nombreuses vies, mais Satan les a ensuite instrumentalisé, conditionnant la société afin qu'elle s'investisse collectivement dans la quête aux agresseurs plutôt que dans l'éducation des enfants. Le dicton selon lequel « il faut tout un village pour éduquer un enfant » n'est plus de mise. La paranoïa fait que les villageois n'ont ni le temps ni la confiance mutuelle nécessaire pour élever l'enfant ensemble. Il conviendrait plutôt de dire qu'il faut tout un village pour qu'un enfant se rebelle contre ses parents. L'existence de lois de protection des mineurs coûte bien plus à la société tout entière que leur absence.

La lutte de pouvoir entre maris et femmes

Il en va de même pour les lois de protection de la femme. Après avoir initialement sauvé de nombreuses vies, elles ont abouti à un changement d'atmosphère au sein des ménages. Il ne s'agit plus de protéger les femmes de la maltraitance mais de savoir qui domine le foyer. « *Pour qui te prends-tu ?* » : voilà désormais l'attitude que prennent les femmes devant leurs maris, qui souvent prétendent se résigner en guise de réponse. Malheureusement, tout comme dans le royaume animal, les hommes sont de nature fière et territoriale. Ils peuvent bien essayer d'accepter un nouveau statu quo pendant un moment, mais leur fierté finira un jour par éclater, l'emportant sur leur famille. En conséquence, de nombreux enfants grandissent sans pères, et lorsqu'ils demandent: « *maman, pourquoi papa est parti?* », la réponse est souvent: « *Il n'a pas dit* ».

Ce schéma rappelle le jardin d'Eden. Adam était très conservateur et dur de peau; mais quand Ève fut créée, elle s'avéra représenter une faiblesse pour lui et donc une occasion pour Satan. Néanmoins, tant qu'Ève suivait Adam (tout comme l'Église suivait le Christ), le couple évoluait selon les instructions de Dieu. Satan essayait constamment d'isoler Ève afin que tout ce qu'il chuchotât à son oreille soit répété à celle d'Adam.

Bien qu'elle n'existe pas dans les Écritures, l'idée d'égalité entre « mari et femme » peut à première vue sembler logique et bénéfique à la société. En réalité, cette idée nous coûte bien plus qu'on ne l'imagine – non pas parce qu'elle est mauvaise en soi, mais parce qu'elle permet aux forces des ténèbres d'instaurer une lutte de pouvoir entre mari et femme au sein du foyer. Par ailleurs, selon le modèle divin du mariage, le Christ est au-dessus de l'Église ; toute tentative de changer cette ordre des choses a des conséquences négatives.

Sodome et Gomorrhe

De plus en plus de personnes croient en une liberté illusoire, si bien que la plupart des hommes ressentent un besoin de changement. De nombreux croyants et non-croyants finissent par délaisser la Parole de Dieu pour adopter une moralité fondée sur les lois des pays. Dès l'enfance, ils sont élevés dans l'idée que le mariage est un contrat entre *deux personnes libres et égales, un homme et une femme.* Au point où nous en sommes, ce contrat lie désormais *deux personnes libres et égales* indépendamment de leur sexe.

Le mariage finit par perdre son intérêt et le monde entier choisit la voie du plaisir. Le rapport sexuel n'est plus un acte sacré qui donne la vie; il est vulgarisé, et les besoins sexuels peuvent être satisfaits sans partager de lien particulier avec l'autre. Le rapport sexuel fait partie d'un ensemble d'activités qui définissent le plaisir. Il est placé dans la même catégorie que la consommation d'alcool, les sorties au restaurant ou la pratique d'un sport. L'humanité perçoit ce changement comme une évolution psychologique quand, en réalité, il n'est qu'une étape parmi d'autres dans l'évolution du péché.

Étant donné que Satan peine à contrôler les individus dans un contexte familial, d'un point de vue culturel et éducatif, il se contente tout simplement de dépouiller la notion de famille de son importance. Lorsque le bouclier de la famille tombe face au vice, rien n'est assez puissant pour ralentir la propagation de la rébellion contre Dieu. L'humanité est alors prête à accueillir l'Antéchrist.

CE QUI SE PRODUIT RÉELLEMENT

Ce qui se produit réellement est que l'humanité se libère de sa sujétion à Dieu et se forge son propre avenir, sa propre vision de la vie. C'est l'animal qui sommeille en chaque être humain qui est à l'œuvre, celui que Satan cherche à éveiller afin de répandre un sentiment de liberté illusoire parmi les hommes. Lorsqu'ils sont à la poursuite de cette liberté, les hommes libèrent inconsciemment l'animal qui sommeille en eux.

Ce phénomène n'est autre que la chair qui se rebelle contre le joug de l'esprit. Satan convainc les hommes qu'un être humain est un animal et rien d'autre, et ceux-ci sont séduits par l'idée de maîtrise de leurs propres destins. Mais leur acceptation de cette idée déclenche une transformation sans précédent de la société humaine, celle que prévoyait Satan lorsqu'il introduisit les idées de liberté dans le monde. Satan n'a pas prédit l'avenir: c'est son projet pour l'humanité qui se réalise.

Les idées de liberté sont répandues à travers le monde. Satan cherche à affranchir le corps de l'autorité de l'esprit et de l'âme. L'humanité se laisse duper par cette illusion, qui libère le corps de la volonté instinctive de l'esprit de nouer un lien avec Dieu. Cela la mène droit vers la destruction.

À mesure que les idées de liberté progresseront dans le temps et l'espace, les hommes croiront avoir trouvé la solution à tous les problèmes sociaux. Les principes de liberté humaine ont à leurs yeux le potentiel de mettre fin aux gouvernements répressifs, de faire régner une prospérité économique, et d'affranchir tous les individus du joug des systèmes sociaux aliénants. Ce que l'humanité ignore, c'est que Satan a orchestré tout cela afin que le plus grand nombre possible de personnes finissent en enfer.

Si ce message de liberté est efficace, c'est que l'humanité est déjà très corrompue. Ces idées émergent à un moment où la plupart des sociétés humaines sont brutales et répressives. La majorité des peuples dans le monde sont réduits à l'esclavage ou assujettis à des dirigeants qui les traitent à leur guise. Autrement dit, la liberté n'existe pas dans le monde.

Afin d'accomplir son projet, Satan et son armée massive d'anges déchus ont planifié trois phases de mise en œuvre étalées sur des milliers d'années. Ces phases correspondent aux trois principales mesures entreprises par Satan pour réaliser son objectif, à savoir, la transformation de la société humaine par l'utilisation de différentes techniques de conditionnement. Les accomplissements de chaque période préparent la suivante, et ainsi de suite jusqu'à ce que l'humanité se détourne de Dieu en pensant tenir les rennes de son destin. En réalité, elle fait tomber les défenses divines qui la protègent des forces des ténèbres et se livre inconsciemment à Satan.

LES DÉFENSES DIVINES

Les défenses divines sont à la fois physiques, spirituelles et psychologiques. Elles sont des mécanismes de sécurité conscients et inconscients offerts à l'humanité par Dieu en guise de protection du monde spirituel. Bien que les humains vivent dans un monde physique, ils sont aussi des êtres spirituels créés pour pouvoir évoluer dans le monde spirituel. Malheureusement, cette connexion au monde spirituel est la cible de Satan.

Les défenses spirituelles

L'humanité étant liée aux deux mondes spirituel et physique, elle est sujette aux influences en provenance de ces deux mondes. C'est la raison pour laquelle Dieu a fait en sorte que les hommes se sentent chez eux dans le monde physique. Il a néanmoins érigé des barrières visant à réduire l'influence du monde spirituel sur la vie des hommes, car ceux-ci ne connaissent et ne comprennent que très peu de choses de ce monde. Dieu n'avait pas pour intention de complètement les déconnecter du monde spirituel ; en tant qu'esprit, Il souhaite au contraire garder un lien avec eux. Les barrières protègent l'humanité de l'invasion des forces de ténèbres. Cela signifie que, pour protéger l'humanité, Il a non seulement donné aux hommes une conscience spirituelle en faisant d'eux des êtres partiellement spirituels, mais Il a aussi mis en place des lois ou des défenses qui régissent les interactions entre les mondes spirituel et naturel.

Quelques exemples de défenses spirituelles

- Les êtres humains peuvent autoriser ou refuser à toute influence spirituelle l'accès à leur vie (Éphésiens 4:26-27, Apocalypse 3:20).

- Les femmes mariées vivant sous l'autorité de leurs maris sont protégées de certaines influences spirituelles nocives (1 Corinthiens 11:9-10).

- Les enfants qui honorent leurs parents reçoivent un certain degré de protection spirituelle qui prolonge leur vie naturelle (Éphésiens 6:2-3).

- Dieu est toujours du côté des innocents (Exode 23:4).

Satan ne peut jamais agir dans le monde physique si les hommes ne l'y autorisent pas. En d'autres termes, tout mal perpétré par Satan dans le monde est associé à une activité humaine précise ayant ouvert la porte à l'influence de Satan.

Ceci vaut pour les défenses spirituelles, mais qu'en est-il des défenses physiques et psychologiques? En réalité, ces défenses sont liées les unes aux autres. Les humains étant principalement des êtres spirituels, tous les aspects de leur vie naturelle ou presque sont des projections ou des manifestations de leur réalité spirituelle. Par exemple, en péchant, l'esprit humain devient malade et perturbe l'équilibre naturel des choses. Sa réalité spirituelle se manifeste alors par toutes sortes de maladies ou de maux physiques. Comme il perd son autorité spirituelle sur la nature, celle-ci se rebelle, ce qui se traduit par des catastrophes naturelles ou autres problèmes touchant l'environnement. Je crois même que l'agressivité de certains animaux sauvages envers les hommes s'explique par l'état spirituel de ces derniers. Nous avons tout simplement perdu l'autorité dont jouissait Adam dans le jardin d'Eden.

Les défenses physiques

Les défenses physiques sont les barrières imposées par Dieu pour restreindre nos capacités physiques en raison de leurs répercussions négatives sur le plan spirituel. Prenons par exemple la sexualité humaine. Les rapports sexuels entre deux hommes ou deux femmes sont à l'évidence contre nature. Ces barrières peuvent sembler uniquement naturelles, mais elles sont aussi spirituelles. De nombreuses personnes qui ont fini par renoncer au Satanisme ou à la mystique diabolique (par exemple, la pratique de la magie – et non de l'illusionnisme) ont témoigné du fait qu'un acte sexuel contre nature ouvre la porte aux mauvais esprits. Ces actes ont des conséquences qui marquent les familles souvent pendant plusieurs générations. Je développe ce propos plus loin dans cet ouvrage.

Quelques exemples de défenses physiques

- La *constitution physiologique* permet à la société d'œuvrer à la création d'identité en harmonie avec la nature. La sexualité des hommes et des femmes, ainsi que les différences raciales, en sont de bonnes illustrations.

Par exemple, les prédispositions physiques déterminent l'identité sexuelle. Sans ces marqueurs physiologiques, la société ne peut établir de lien entre identité sexuelle et prédisposition naturelle, ce qui cause les hommes à commettre des actes contre nature qui ouvrent les portes spirituelles à des forces qui la corrompent.

Ma conviction est que le franchissement de ces frontières spirituelles peut permettre à Satan de corrompre véritablement la physiologie humaine et d'ainsi faire émerger des choses qui n'existaient pas dans la nature. Tel est selon moi le cas de nombreuses déviations sexuelles, comme la pédophilie, la zoophilie ou encore l'homosexualité.

- Les *frontières géographiques* rendent le mélange de cultures difficiles aux hommes. Je développe ce propos plus loin dans cet ouvrage.

Toute brèche dans la frontière qui sépare les mondes physique et spirituel a des répercussions positives ou négatives sur une personne. Lorsque la porte est ouverte aux anges, un événement divin se produit dans le monde naturel; lorsque la porte est ouverte à Satan, un événement contraire finit par se produire.

La bénédiction de Dieu est rarement reçue de manière aléatoire. Elle entre par une porte qui a été ouverte à cet effet, tout comme elle peut s'arrêter si cette porte est fermée. Par ignorance, les hommes ferment parfois la porte à la bénédiction divine et rencontrent alors des malheurs. Ils leur attribuent des causes aléatoires en les prenant pour de la malchance – non pas parce qu'ils croient au hasard, mais simplement pour pouvoir dire de ces causes qu'elles sont aléatoires. En réalité, ils avaient fermé la porte à la bénédiction de sorte que les influences spirituelles positives ne puissent plus les atteindre.

Les défenses psychologiques

Les défenses psychologiques sont des frontières placées par Dieu en guise de bouclier additionnel s'ajoutant aux défenses spirituelles et physiques. Les barrières psychologiques se forment en raison des différences identitaires et sociales. Ce qui est perçu comme une valeur par une culture peut être considéré comme un vice chez une autre.

Un mélange de cultures peut donner lieu à un échange de valeurs, mais aussi de vices. La différence culturelle est ainsi une barrière psychologique parce qu'elle empêche les hommes de copier les vices d'une autre culture.

Ce que les hommes considèrent comme une valeur peut être un vice aux yeux de Dieu et vice-versa. Néanmoins, on trouve dans chaque culture des choses qui pour Dieu sont des valeurs et d'autres qu'Il considère comme des vices. C'est d'ailleurs de cette façon que peuvent être mesurées les moralités de différentes cultures, qui ne se valent pas toutes aux yeux de Dieu. Certaines sont plus corrompues que d'autres.

Il semble logique que Dieu ne souhaite pas la propagation des vices. Mais qu'en est-il de la propagation des valeurs? Il la souhaite, cela va de soi. Le mélange des cultures est problématique parce qu'il a l'immense potentiel de détruire les défenses psychologiques.

Plus celles-ci tombent, plus l'influence de Satan sur la société croît. Quand deux cultures se mélangent, la progression des valeurs ne compense pas celle des vices. Cela reviendrait plus ou moins à laver du linge blanc avec à la fois de l'eau de javel et de l'huile de graissage: le linge, abîmé, finit à la poubelle.

Supposons que plusieurs cultures se regroupent et échangent valeurs et vices. Elles forment désormais une seule et même culture, enrichie en valeurs comme en vices. La progression de vices rend toutes ces cultures plus soumises au jugement du Dieu, indépendamment de la progression de valeurs. Ces cultures possèdent toutes plus de vices qu'avant, même si elles possèdent aussi plus de valeurs. Dieu considère ainsi qu'elles s'éloignent de Lui et elle peineront davantage à obtenir le salut.

Selon moi, cela pourrait être l'une des raisons pour lesquelles Dieu a dispersé les êtres humains sur Terre après leur construction de la Tour de Babel dans le chapitre 11 de la Genèse. Cette dispersion a créé de nouvelles langues et cultures. D'après certains théologiens, ce serait même à ce moment que Dieu introduisit les ethnies dans le monde.

Moins la morale se dégrade, plus les défenses psychologiques s'élèvent et moins Satan peut influencer une culture. Cette équation est primordiale à Dieu. Il ne faut pas oublier qu'Il souhaite le salut de l'humanité et n'aime pas nous voir nous en éloigner. Par exemple, une culture qui soutient la virginité avant le mariage est davantage protégée des forces démoniaques qu'une culture dont les individus ont des rapports hors mariage. Dans ce cas précis, l'importance accordée à la virginité représente la défense psychologique. Des défenses similaires se retrouvent dans la plupart des cultures, judéo-chrétiennes ou pas.

Quelques exemples de défenses psychologiques
(valeurs sociales)

- *La virginité avant le mariage*: elle rend plus difficile l'incitation par Satan au péché de la fornication et limite les possibilités offertes aux individus adultères.

- *Croire que toute action, bonne ou mauvaise, s'accompagne de r*épercussions au cours d'une vie: cette croyance rend plus difficile l'incitation par Satan au vol ou à la fourberie.

- *La croyance en une vie après la mort*: elle conduit les hommes à faire de meilleurs choix lorsqu'ils sont en vie.

- *La croyance en une hiérarchie* (tous les hommes ne sont pas égaux) : elle rend plus difficile la corruption par Satan d'un grand nombre de personnes à la fois. Dans une société dont les membres reconnaissent l'existence d'une hiérarchie, Satan doit d'abord tenter d'influencer la personne au sommet afin que celle-ci impose les changements aux autres, qui pourront choisir ou non de les accepter. Mais l'avantage de cette société est que Dieu pourra toujours y guider un ou plusieurs individus, comme Il l'a toujours fait. Ma conviction est que Satan n'aime pas cette forme de société en raison de son aspect imprévisible. Un jour, le peuple vénère des idoles; le lendemain, le pouvoir bascule et toute une nation se met à jeûner et à se repentir de ses péchés devant Dieu (Jonas 3:5). L'inverse est également possible: un jour, les hommes adorent et servent Dieu, le lendemain ils adorent et servent une idole (Exode 32:1). Une telle société pourrait sans doute évoluer vers l'illusion aussi facilement que vers la foi, et cet environnement rend la victoire de Satan très incertaine.

A contrario, une société opposée à la hiérarchie est idéale pour l'accomplissement des objectifs de Satan. Composée de rebelles, son opposition à la hiérarchie la prédispose à s'opposer à Dieu – non pas directement, mais par le simple fait de s'opposer à toute autorité. Ce que Paul dit aux Romains est peut-être destiné à notre époque : « Il n'y a point d'autorité qui ne vienne de Dieu, et les autorités qui existent ont été instituées de Dieu. C'est pourquoi celui qui s'oppose à l'autorité résiste à l'ordre que Dieu a établi, et ceux qui résistent attireront une condamnation sur eux-mêmes » (Romains 13:1-7). Plus loin dans cet ouvrage, nous verrons comment notre société moderne, guidée par un esprit d'Antéchrist, tire les bénéfices de sa propre rébellion, tout en se plaçant sur un chemin « *qui s'élève au-dessus de tout ce qu'on appelle Dieu ou de ce qu'on adore* » (2 Thessaloniciens 2:4).

La notion de défenses est clé à la compréhension des stratégies de Satan. En considérant notre prédisposition à la croyance ou à la non-croyance de l'Évangile, les défenses pourraient déterminer si certaines personnes méritent ou non d'être sauvées. D'ailleurs, la Bible contient des histoires de nations ou de peuples dont les défenses étaient si pauvres que Dieu se résolut à les éradiquer de la surface de la Terre. Les défenses sont donc la principale cible de Satan dans les sociétés humaines.

Satan sait que Dieu aime le monde et, au fil des millénaires, il a finit par comprendre que le fait de corrompre les personnes qui sont protégées de la corruption pourrait être contre-productif. Il a également appris que de la destruction des défenses était la stratégie la plus fructueuse pour aboutir à l'annihilation de l'humanité. Il l'a employé avec Sodome et Gomorrhe, et les deux nations ont suscité la colère de Dieu. Tout comme aucun parent ne prend plaisir à lever la main sur son enfant, Dieu ne prend aucun plaisir à punir l'humanité. La seule arme dont Satan dispose contre Dieu est de détourner l'humanité de Lui.

Les hommes peuvent atteindre un stade où ils ne peuvent plus être sauvés. Sodome et Gomorrhe l'ont atteint, tout comme la génération de Noé ou encore les nombreuses nations qui ont été éradiquées pendant la prise de Canaan par les Hébreux. Dans ces derniers jours, Satan s'efforce principalement de transformer non pas une personne, une nation, ou un continent, mais la planète toute entière en Sodome et Gomorrhe, de sorte que, lorsque viendra « le jour du Seigneur », le seul destin possible pour le monde soit celui du jugement.

C'est pourquoi les défenses des hommes se tariront davantage au cours du XXIe siècle. Si l'avortement est encore controversé aujourd'hui, il est possible que demain, même ceux qui se disent Chrétiens finissent par le trouver acceptable, voire justifié. Satan et son armée d'anges déchus sont déterminés à faire tomber les défenses persistantes plus vite que jamais parce qu'ils savent que leurs jours sont comptés.

À cet effet, Satan utilise l'illusion de la liberté pour convaincre l'humanité qu'elle évolue. Mais ce que les hommes ne voient pas, c'est que ce n'est pas leur idée de liberté qui est à l'origine de cette évolution, mais leur haine de la dévotion.

Ce n'est pas la liberté qu'ils épousent, mais un esprit antichristique, comme l'ont prédit les Écritures. Le nouveau citoyen du monde – irréligieux, libre et ouvert d'esprit – n'est pas le produit des idées de liberté comme beaucoup aimeraient le croire, mais celui d'un esprit impie et rebelle. Le résultat est le suivant:

- Un langage blasphématoire

- Un comportement blasphématoire

- Des médias qui haïssent tellement Dieu qu'aucun film ni série télévisée ne se termine sans moquer Dieu ou Son peuple

- De nombreuses autres activités immorales

Pour les véritables croyants, cela n'a rien de surprenant car les Écritures nous ont déjà prévenu que ces temps viendraient : « *Sache que,* ***dans les derniers jours****, il y aura des temps difficiles. Car les hommes seront égoïstes, amis de l'argent, fanfarons, hautains,* ***blasphémateurs****, rebelles à leurs parents, ingrats, irréligieux, insensibles, déloyaux, calomniateurs,* ***intempérants****, cruels,* ***ennemis des gens de bien****, traîtres, emportés, enflés d'orgueil,* ***aimant le plaisir plus que Dieu*** » (2 Timothée 3:1-5 ; je souligne).

Les objectifs de Satan étant à présent clarifiés, nous pouvons dérouler l'histoire de son conditionnement du monde qui a permis d'en faire ce qu'il est aujourd'hui et ce qu'il sera demain.

DEUXIÈME PARTIE:
2

LE
CONDITIONNEMENT
EN TROIS ÉTAPES

L'ÂGE DE L'EXPRESSION

MAGNIFIER L'ILLUSION

« L'attitude de l'homme envers son entourage non-humain a varié profondément à travers les âges. Les Grecs dans leur terreur de l'hubris et leur croyance à la fatalité ou au destin, supérieur à Zeus lui-même, évitaient soigneusement ce qui leur aurait paru un manque de respect envers l'univers. Le Moyen Âge poussa la soumission beaucoup plus loin : l'humilité envers Dieu était le premier devoir du chrétien. Toute initiative était entravée par cette attitude et une certaine originalité était à peu près impossible. La Renaissance rétablit la fierté humaine mais la conduisit à la limite de l'anarchie et du désastre. Son œuvre fut sévèrement compromise par la Réforme et par la Contre-Réforme. Mais la technique moderne,

bien que peu favorable à l'individualité seigneuriale de la Renaissance, a ravivé le sens de la puissance collective des communautés humaines. L'homme, d'abord trop humble, commence à se croire presque un dieu. »
—Bertrand Russell

« Alors l'Éternel dit : Mon esprit ne restera pas à toujours dans l'homme, car l'homme n'est que chair. »
—Genèse 6:3

L'ÂGE DE L'EXPRESSION a débuté lorsqu'Adam et Ève tombèrent dans le péché, et il s'est poursuivi jusqu'à la Déclaration Universelle des Droits de l'Homme (DUDH) de 1948. La DUDH des Nations Unies a marqué le début d'une campagne exultant la vie naturelle humaine avec un objectif sousjacent satanique : mettre à mal la croyance en la trinité (esprit, corps et âme) de l'être humain. Si la campagne réussit, la vision de l'homme comme étant uniquement un corps deviendra une croyance générale. C'est la première étape clé que Satan cherche à franchir pour contrôler l'humanité.

Votre personne et vos actions constituent l'ombre de votre véritable être, qui est esprit.

Pour comprendre ce que signifie « l'Âge de l'expression », attardons-nous d'abord sur la notion d'expression dans ce contexte. Les hommes ayant un corps et un esprit, ils peuvent évoluer aussi bien dans le monde physique que dans le monde spirituel. Ce que la plupart d'entre nous échouent à comprendre, c'est que les choses visibles prennent racine dans les choses spirituelles. Ce que nous voyons physiquement est souvent l'expression de ce qui se trouve dans l'esprit. En ce qui concerne les êtres humains en particulier, le corps nous est donné de sorte que nous puissions exprimer notre réalité spirituelle avec. Le corps est donc expression tandis que l'esprit est réalité.

L'OMBRE DE LA RÉALITÉ

Pendant l'Âge de l'expression, le diable a utilisé l'ingénierie sociale pour changer notre perception de la vie humaine. Tel que Dieu a créé les hommes, l'esprit génère les émotions de l'âme et le corps est leur véhicule d'expression dans le monde physique. Souvenez-vous que Satan cherche une porte d'entrée vers l'âme humaine, une façon de l'influencer. Durant l'Âge de l'expression, il cherche à faire en sorte que le corps supplante l'esprit et soit commande l'âme, car il est plus facile à influencer.

Ceci est important pour le diable parce que son objectif final consiste à faire croire aux hommes qu'ils n'ont que des vies naturelles et que toute prétention à la spiritualité n'est autre que superstition. En conséquence, ceux-ci n'ont aucun intérêt à soumettre leur vie à Dieu parce qu'ils croient n'en avoir qu'une, et que rien ne suit la mort. Une vie de discipline et de dévotion est perçue comme un gâchis car elle implique de tenir ses distances avec de nombreux plaisirs naturels.

De façon métaphorique, le corps est l'ombre de l'être spirituel en nous, une projection dans le monde naturel du véritable soi. Il n'est qu'une forme d'illusion. Les notions telles que la liberté, l'amour, la joie et le bonheur sont de nature spirituelle. Pendant l'Âge de l'expression, l'humanité est conditionnée à croire que ces émotions viennent du corps ; autrement dit, l'ombre devient réalité. Or, le mouvement d'une ombre n'est pas la réalité mais sa réflexion. Sentir l'amour dans son corps est l'ombre de la réalité, car la réalité de l'amour est une émotion plus élevée, générée par l'être spirituel intérieur. Arrêtons-nous là-dessus un instant.

Durant l'Âge de l'expression, le but de Satan est de conditionner le monde à croire que l'ombre est la réalité. Le corps, et non l'esprit intérieur, devient la réalité. Le véhicule, et non le conducteur, est aux commandes.

Le corps est censé être un appareil de navigation pour l'esprit et l'âme. Lorsque l'être véritable, qui est esprit, ressent la joie, le corps mime cette joie en produisant des substances qui poussent les sens du corps à son expression. Lorsque l'être véritable ressent l'amour, le corps traduit cette émotion et les sens expriment ce qu'ils interprètent comme de l'amour.

À l'origine, le corps jouait principalement un rôle d'interprète. La plupart des émotions essentielles du corps devaient être les expressions de choses bien plus grandes que celles qui étaient exprimées par les sens physiques. Par exemple, bien que le véritable bonheur puisse être exprimé par le corps, il transcende ses désirs les plus ardents. Il ne peut être obtenu à travers les choses naturelles et ne devrait donc pas être défini comme une émotion physique précise.

Durant l'Âge de l'expression, l'objectif de Satan est d'inciter l'homme, qui fut créé à l'image de Dieu, à être davantage conscient de sa réalité physique que de sa réalité spirituelle. Au final, la plupart des choses exprimées par le corps ne proviennent plus de l'esprit. L'être humain devient sa réalité physique, l'esprit n'étant plus la seule influence sur le véhicule. L'esprit et le corps s'affrontent dans une lutte de pouvoir.

Peut-être ressentez-vous de la compassion, qui par essence est une émotion divine et spirituelle. Mais c'est l'intention au plus profond de vous qui détermine s'il s'agit véritablement de compassion ou non. De nombreuses personnes pensent qu'elles ressentent et manifestent de la compassion, mais une brève introspection suffira à leur montrer qu'ils étaient motivés par l'espoir d'une gratification quelconque, non par le sentiment lui-même. Autrement dit, leur volonté de manifester de la compassion provenait de leur inclinaison à chercher la satisfaction personnelle. J'appelle cela la compassion du type « *aider me fait du bien* ».

De même, les hommes ressentent souvent dans leurs

corps l'ombre de l'amour. Une façon de tester l'amour pour en identifier la source est de le comparer à l'amour spirituel selon 1 Corinthiens 13:4-7 : « *La charité est patiente, elle est pleine de bonté ; la charité n'est point envieuse ; la charité ne se vante point, elle ne s'enfle point d'orgueil, elle ne fait rien de malhonnête, elle ne cherche point son intérêt, elle ne s'irrite point, elle ne soupçonne point le mal, elle ne se réjouit point de l'injustice, mais elle se réjouit de la vérité ; elle excuse tout, elle croit tout, elle espère tout, elle supporte tout* ». Si l'amour échoue à cette épreuve, alors le sentiment éprouvé n'est qu'une forme de représentation dégradée de l'amour.

C'est pourquoi il nous est si difficile d'aimer nos ennemis. Pourtant, Jésus distingue clairement l'amour faux de l'amour véritable lorsqu'Il dit, « *Vous avez appris qu'il a été dit : Tu aimeras ton prochain, et tu haïras ton ennemi. Mais moi, je vous dis : Aimez vos ennemis, bénissez ceux qui vous maudissent, faites du bien à ceux qui vous haïssent, et priez pour ceux qui vous maltraitent et qui vous persécutent* » (Matthieu 5:43-44). Si la plupart des hommes sont difficilement capables de ce type d'amour, c'est parce que durant l'Âge de l'expression, Satan a réussi à les convaincre qu'ils n'étaient que des êtres naturels. Ils se perçoivent donc, consciemment ou non, comme des animaux particulièrement évolués qui:

- Fondent leurs émotions sur l'instinct de conservation et donc n'aiment que ceux qui les aiment.

- Croient que les ennemis représentent de véritables menaces.

C'est la raison pour laquelle je suis convaincu qu'il n'existe qu'une seule forme d'amour, *l'agapè*. Toutes les autres formes d'amour, éros et *philéo*, existent dans notre corps. En grec, *l'agapè* est l'amour de Dieu. Éros est l'amour entre un homme et une femme, plus communément dit « amour romantique ». *Philéo* est l'amour fraternel. *L'agapè* transcende le corps naturel. D'ailleurs, l'amour romantique et l'amour fraternel ne sont que d'autres interprétations physiques de *l'agapè*, qui découlent du choix de l'âme en ce qui concerne son expression.

Lorsqu'il n'y a pas d'amour *agapè* entre un mari et une femme, leur amour éros est voué à l'échec parce qu'il doit être l'expression d'*agapè* pour prospérer. C'est tout à fait ce que le Christ a ressenti envers Son Église. Dans Éphésiens 5:25 il est écrit : « Maris, aimez vos femmes, comme Christ a aimé l'Église, et s'est livré lui-même pour elle ». Christ, le mari, exprime ici l'amour *agapè* sous la forme d'amour éros envers sa femme, l'Église. Si le divorce est une pratique si répandue, c'est que nous ne nous efforçons pas d'aimer nos conjoints avec l'amour *agapè*.

L'amour *philéo* devrait être l'expression vraie de l'amour *agapè*. C'est l'amour que Jonathan ressentait envers David. Dans 1 Samuel 18:1, il est écrit : « *David avait achevé de parler à Saül. Et dès lors l'âme de Jonathan fut attachée à l'âme de David, et Jonathan l'aima comme son âme* ».

C'est aussi ce que signifie la phrase « *Tu aimeras ton prochain comme toi-même* » (Matthieu 22:39).

L'Âge de l'expression est une période durant laquelle Satan et tous ses démons sont à l'œuvre afin de semer le conflit entre l'esprit et le corps pour que l'humanité s'identifie au corps. Par conséquent, la notion de *soi* passe d'un « être surnaturel existant dans un corps physique » à un « animal super-intelligent ». Satan cherche ici à ce que les hommes perçoivent leur corps comme étant la seule réalité humaine.

Nous pouvons nous figurer l'interaction entre l'esprit et le corps comme un refrain qui tourne en boucle : « *l'esprit ressent, le corps exprime ; l'esprit ressent, le corps exprime…* » Cet échange représente l'expression d'émotions pures et divines comme l'amour *agapè*, le bonheur, ou la joie. Au lieu de cela, on entend plutôt: « *le corps ressent, le corps ressent, le corps ressent, le corps ressent* ». En définitive, l'homme créé à l'image de Dieu vit une existence mensongère. Il cherche à ressentir l'amour, le bonheur et la joie dans le corps. Malheureusement, le corps ne peut qu'exprimer l'illusion de ces émotions divines; jamais il ne sera capable de les générer.

À ce stade, nous voyons l'œuvre du Diable se manifester dans la recherche de l'illusion de la réalité plutôt que de la véritable réalité et d'une parfaite dissociation mentale de l'esprit et du corps. Dieu voulait initialement que notre réalité soit celle de l'esprit, mais avec cette illusion, le corps, qui est un instrument destiné à projeter notre réalité spirituelle dans le monde physique, devient désormais notre réalité.

Par exemple, une vie entière peut être gaspillée à chercher des sources de plaisir pour satisfaire le corps, mais les sensations restent vides et infimes comparées au véritable sentiment de bonheur. Il en est de même pour l'amour, la joie, et toute chose spirituelle.

Par exemple, en ce qui concerne l'amour, de nombreuses personnes vivent toute une vie sans jamais exprimer l'amour *agapè* – non pas parce qu'elles en sont incapables, mais parce qu'elles ne connaissent que la réalité du corps, qui n'est que l'illusion de leur vraie personne. Lorsqu'une personne dit: « *je suis heureux/heureuse* », elle ne parle souvent pas du vrai bonheur mais de son ombre, produite par le corps pour faciliter nos interactions dans le monde physique. On veut croire qu'il s'agit du véritable bonheur, mais ce n'est malheureusement pas le cas.

Lorsqu'un homme rencontre une femme qu'il aime, il confond souvent son amour avec l'amour *agapè* quand en réalité il ne ressent qu'une attirance physique qui finira par disparaître. Il sentira alors qu'il ne l'aime plus et finira par demander le divorce.

État initial

ESPRIT > RÉALITÉ

CORPS > RÉALITÉ PROJETÉE

Âge de l'expression

ESPRIT = THÉORIE

CORPS > RÉALITÉ

Comme nous pouvons le voir dans le second tableau, la réalité spirituelle durant l'Âge de l'expression n'est autre qu'une idée. La plupart des gens n'ont même pas la certitude d'avoir un esprit. Le corps, en revanche, est perçu comme étant la nouvelle réalité humaine.

LA STRATÉGIE DE SATAN

Satan a réintroduit les idées de « liberté » entre le XIVe et le XVIIe siècle, période que les historiens appellent la Renaissance. Celle-ci était un mouvement culturel qui déclencha les transformations essentielles influant encore les cultures du monde aujourd'hui. Le phénomène le plus remarquable de cette période fut un échange d'idées sans précédent suite à l'invention de l'imprimerie. Satan a mis en avant des notions très séduisantes qui ont améliorées la vie des hommes de bien des manières. Mais la contre-partie est bien plus coûteuse que nous le réalisons.

LA LIBERTÉ INDIVIDUELLE

Satan a voulu affranchir l'homme de toute autorité divine. Sa stratégie fut donc de promouvoir l'idée selon laquelle chaque homme est le seul maître de son destin. C'est l'esprit qui conduit à « *l'apostasie* » évoquée par

Paul dans 2 Thessaloniciens 2:3. Les hommes se mettent à penser que personne ne devrait leur dicter ce que leurs vies devraient être ou ne pas être, qu'ils sont maîtres de leurs propres destins. Les idées de « liberté individuelle » commencent petit à petit à aliéner les « défenses naturelles » évoquées au chapitre 3.

Avant et pendant la Renaissance, la majorité des Européens étaient assujettis à des régimes répressifs de rois et d'empereurs ; la notion de « liberté individuelle » leur paraissait étrange, ainsi qu'au reste du monde. La Renaissance fut une époque charnière durant laquelle l'humanité se mit à questionner toutes ses anciennes pratiques.

Ce qui suit en offusquera plus d'un!

Satan fut l'instigateur de la Renaissance; s'il ne l'a pas été, il en a au moins largement tiré profit. Il a été spectateur de tous les changements en sachant qu'on finirait par lui attribuer le mérite de tout le « bien » qu'ils produisirent. En effet, la plupart des fruits de la Renaissance ont conduit à l'incroyance, ou ce que Paul désignait par « *l'apostasie* » des derniers jours.

Par exemple, certaines personnes ont fini par réagir à la Bible de la manière suivante: si la « démocratie » permet à l'homosexualité d'être légalisée, et que Dieu réprouve l'homosexualité, alors la démocratie vient certainement de Satan… Mais si tel est le cas, alors Satan doit être généreux et tolérant. Cette pensée n'est pas le fruit d'une croyance en l'existence de Satan, mais d'un rejet de la Parole de Dieu.

Toute personne qui raisonne ainsi n'adore pas le Diable pour autant. Ce raisonnement cherche à prouver quelque chose en disant que le « pouvoir du peuple » traite les hommes mieux que Dieu. Il pourrait simplement aussi provenir d'un manque de foi en la Bible, ce qui suscite une remise en question des récits bibliques en faveur de l'homosexualité. Quoiqu'il en soit, les idées de liberté individuelle sont employées par Satan pour inciter les hommes, génération après génération, à croire que toute chose considérée positive par la vaste majorité l'est réellement. Ce conditionnement met à mal les défenses naturelles (voir chapitre 3 – les défenses).

L'une des défenses naturelles est la « croyance en la hiérarchie » entre les membres d'une société. Des hiérarchies existent dans les sociétés humaines et animales; elles se forgent naturellement en fonction des différences spirituelles, physiques et mentales qui créent des rapports d'interdépendance. Ces différences représentent des atouts pour une société, et l'interdépendance détermine l'importance du rôle de chacun. En fonction de cette importance, un membre occupe une position plus ou moins élevée dans la hiérarchie.

Même si les hommes ne le voient pas, la vérité est que chaque individu au sein de toute société joue un rôle précis qui lui confère un statut plus ou moins élevé dans cette société. Même dans celles qui fonctionnent selon l'état de droit, nous voyons des personnes disposer d'un pouvoir réel et dominer de sorte que la loi, qui devrait représenter la justice, n'est qu'un instrument de plus aux mains des privilégiés. Est-ce que cela signifie que l'ordre naturel des choses finit toujours par l'emporter, indépendamment de nos efforts pour rendre la société juste et équitable?

Selon la Bible, peu importe nos efforts de promouvoir l'égalité entre mari et femme, car cette idée va à l'encontre de la Parole de Dieu. Au final, elle nuit à la société plus qu'elle ne l'améliore. L'homme et la femme sont deux entités naturellement différentes qui ont été créées pour assumer des rôles différents.

La Bible compare le mariage à celui du Christ avec l'Église. La position du Christ au-dessus de l'Église met à mal ce que notre génération considère comme un mariage réussi. Grâce au conditionnement autour de la « liberté individuelle », Satan peut progressivement dissoudre les défenses naturelles essentielles qui limitaient l'activité démoniaque dans le monde des hommes. La violence, la délinquance juvénile et le divorce se répandent au sein des familles comme une pandémie. Les gens sont après l'ombre du bonheur et de l'amour ; ils ne trouveront jamais le véritable bonheur ni le véritable amour parce que le corps est désormais aux commandes.

LA LIBERTÉ SOCIALE

Satan vise également la rupture des frontières sociales qui, au fond, sont des reliques du modèle social et moral divin originel. Il cherche à promouvoir l'idée selon laquelle la voix d'un grand nombre de gens compte davantage que celle d'un seul homme. Ce concept est communément connu sous le nom de démocratie. Certains citent parfois un proverbe latin expliquant ce phénomène social : « *Vox populi, vox Dei* », qui signifie « *la voix du peuple est la voix de Dieu* ».

En nous penchant sur ce concept de plus près, nous nous apercevons qu'il n'est autre qu'une ingénieuse illusion. L'Histoire nous montre que les personnes de sagesse et de connaissance supérieures sont toujours dans les minorités. Les grandes idées qui ont changé le cours de l'Histoire et de la science n'ont pas jailli des masses populaires.

À plusieurs reprises, un individu s'est hissé au-delà des croyances communes pour remettre en question des choses admises comme des vérités. Parfois, ces individus étaient même exécutés ou exilés ; le reste du monde finissait souvent par les comprendre bien après, lorsqu'il était déjà trop tard pour les sauver. Par exemple, au XVIe siècle, Galileo Galilei fut persécuté par l'Église catholique romaine pour avoir déclaré que la Terre tournait autour du soleil et non l'inverse.

À cette époque, Satan cherchait à promouvoir une idée utopique de liberté selon laquelle le peuple, en tant que groupe évoluant dans une société, forge le destin de cette société. En quoi cette idée est-elle utopique?

LA DÉMOCRATIE, ILLUSION DE LIBERTÉ

La liberté ne peut être obtenue qu'à travers Jésus-Christ. Il y a deux mille ans, connaissant le projet de Satan, Jésus dit à l'humanité: « *Si donc le Fils vous affranchit, vous serez réellement libres* » (Jean 8:36). La liberté du monde n'est donc pas réelle. Seul le Fils a le pouvoir de vous rendre « *réellement libres* ».

La véritable liberté place l'esprit au-dessus du corps

Un individu libre est un individu dont l'esprit contrôle pleinement le corps et l'âme. La plupart des religions et des mouvements spirituels du monde enseignent cette vérité.

- **L'hindouisme** enseigne le nirvana, qui signifie libération.
- **Le bouddhisme** enseigne l'éveil spirituel. Le nom « bouddha » signifie « l'éveillé ».

Pouvons-nous donc dire qu'il est possible d'enseigner la véritable liberté par le bouddhisme, l'hindouisme, ou tout mouvement spirituel qui enseigne cette forme de liberté? La réponse aurait été affirmative si ces différents chemins rachetaient les péchés. Car, même si vous parvenez à maîtriser les passions du corps (ce qui est extrêmement difficile), la rémission des péchés reste nécessaire pour échapper au jugement de Dieu. La réponse est donc négative.

C'est pourquoi Jésus-Christ est la seule voie de véritable liberté: « *sans effusion de sang il n'y a pas de pardon* » (Hébreux 9:22). Jésus révèle le mystère de l'alliance du sang entre Dieu et l'humanité dans l'évangile selon Matthieu: « *Ceci est mon sang, le sang de l'alliance, qui est répandu pour plusieurs, pour la rémission des péchés* ». (Matthieu 26:28). À part Jésus-Christ, tout autre chemin vers la liberté représente un effort inutile ainsi qu'une perte de temps. Satan n'est donc pas inquiet quant à la pratique de ces philosophies: ceux qui pensent pouvoir être sauvés par leurs propres moyens sont partout, et cela ne peut que l'arranger.

Au final, Satan ne cherche que des personnes à faire couler avec lui. Peu importe qu'il ne parvienne pas à vous attirer dans les boîtes de nuit ou à faire de vous des meurtriers, du moment que vos péchés ne sont pas pardonnés. D'ailleurs, au cours de ces derniers jours, Satan promouvra l'enseignement de l'hindouisme et du bouddhisme, très efficaces pour véhiculer un fort sentiment de spiritualité.

LA LIBERTÉ DE RELIGION

Tel que le monde la conçoit, la liberté de religion correspond officiellement à la tolérance religieuse. Le message sous-jacent est que de nombreux chemins mènent à Dieu et que chacun est libre de choisir celui qu'il préfère. Cela représente un accomplissement majeur pour l'humanité: l'adoption de lois sur la liberté de religion, aux États-Unis et dans certains pays européens, ont mis fin à des siècles de persécution religieuse. Sauf qu'entre temps, Satan compte sur la nature humain et sur son armée d'anges déchus pour réaliser son objectif.

Le monde est fait de nombreuses religions dont une seule pose problème à Satan. Il sait quel chemin mène à Dieu; il connaît Sa vérité et la vie qu'Il veut offrir à l'humanité. Pendant des siècles, il a échoué à faire disparaître l'Évangile au fil des persécutions et des fausses doctrines de l'Église catholique romaine.

La persécution de l'Église primitive conduisit à une renaissance. Ceux qui furent persécutés à Jérusalem *« allèrent jusqu'en Phénicie, dans l'île de Chypre, et à Antioche, annonçant la parole »* (Actes 11:19) et parvinrent à répandre l'Évangile dans les régions alentour. Ceci permit à de nombreux pays d'entendre l'Évangile.

Quand Satan réalisa que la véritable foi en Jésus-Christ, en plus d'être insensible à la persécution, était même renforcée par cette dernière, il choisit l'infiltration. En février de l'an 313, l'empereur romain Constantin Ier proclama l'édit de Milan, qui mit officiellement fin à la persécution des chrétiens dans l'Empire romain et marqua le début du catholicisme. Celui-ci s'accompagna de politiques et de fausses doctrines telles que:

- La prière aux saints

- Le baptême des enfants

- L'adoration de Marie, mère de Jésus

- La béatification

- L'achat monétaire d'une place au Paradis (très pratiqué durant les Croisades)

L'infiltration finit par échouer car la flamme de l'Esprit Saint ne s'éteignit jamais vraiment; elle s'éleva même au XVe siècle pour conduire à une réforme. Afin d'empêcher cette réforme, Satan, désespéré, commit la même erreur et eut à nouveau recours à la persécution. Celle-ci ne fit que renforcer les réformateurs; l'Église protestante était née. Ayant compris que la persécution n'avait pas d'effet sur les véritables disciples du Christ, il repensa sa stratégie.

Dans cette nouvelle façon de faire, il ne perd pas de temps à lutter contre le Jésus qui habite déjà le cœur des gens, mais cherche à conquérir les cœurs de ceux qui ne le connaissent pas encore. Il œuvrait déjà sur le projet de la Renaissance avant la Réforme; ce mouvement l'a simplement provisoirement dérouté. Il s'en est ressaisi et a continué à assister à son incubation.

Tandis que Satan cherchait à contenir la Réforme, ses messagers intensifièrent la bataille sur le front des idées de liberté dans le cadre de la Renaissance. À ce stade, personne ne voyait les contreparties; les gens étaient trop occupés à réfléchir et à philosopher au sujet des transformations positives suscitées par l'idée de liberté.

Lorsque le monde fut enfin prêt pour son projet sur la

religion, Satan le déroula dans la Déclaration universelle des droits de l'homme. L'Article 18 stipule : « *Toute personne a droit à la liberté de pensée, de conscience et de religion ; ce droit implique la liberté de changer de religion ou de conviction ainsi que la liberté de manifester sa religion ou sa conviction seule ou en commun, tant en public qu'en privé, par l'enseignement, les pratiques, le culte et l'accomplissement des rites* ». Voilà qui était dit! Chacun est libre de choisir sa religion. Quelle idée de génie, dans un monde ravagé par des siècles de violence religieuse.

Alors que nous célébrons l'idée selon laquelle nous pouvons surmonter nos différences religieuses, Satan savoure déjà l'avant-goût de la fin des religions. Mais ce n'est que le christianisme qu'il veut détruire; les autres religions sont des dommages collatéraux. La Déclaration universelle des droits de l'homme avait alors retenti à travers la planète et les débats sur la liberté s'étaient multipliés et intensifiés. Aux États-Unis, ils ont ouvert la voie à des questions telles que:

- La prière devrait-elle être autorisée dans les institutions publiques?

- Pourquoi les hôpitaux appartenant à des organisations religieuses seraient-ils autorisés à ne pas fournir des contraceptifs aux femmes dans le cadre d'une assurance maladie?

- Pourquoi le Président des États-Unis devrait-il prêter serment sur la Bible?

Je ne sous-entends pas que le rapprochement de Dieu ne sera possible que lorsque toutes les autres religions seront abolies. Ce que je veux dire, c'est que l'humanité du XXIe siècle se laisse transformer par les forces des ténèbres de sorte que nous perdons notre prédisposition innée à rechercher Dieu.

Aussi absurde que cela puisse paraître, la liberté de religion a permis la critique ouverte de la religion, conséquence logique de l'échange d'idées. Les hommes étant exposés à plusieurs croyances, ils développent des opinions arrêtées au sujet de la foi. Les choses autrefois définies par la religion pour la société sont désormais définies par le changement. Le bien et le mal ne relèvent plus de l'autorité de la Parole de Dieu mais des opinions des hommes. Une même chose peut paraître bonne ou mauvaise selon le jugement des uns et des autres. Au final, la société rejette toutes les religions et Satan félicite l'esprit de l'Antéchrist pour sa réussite.

Le nouvel homme « libre » veut s'affranchir de Dieu. Pourquoi? Car il n'est qu'un corps dont les désirs sont contraires aux désirs de l'esprit, qui est la nature de Dieu. L'esprit aspire à un retour vers Dieu et à une réconciliation de l'âme avec Dieu de sorte que celle-ci puisse être remise à sa place en présence de Dieu.

L'homme « libre » veut tuer la partie divine de lui-même

pour laisser libre cours à l'animal en lui. L'homme « libre » idéal est un homme qui contrôle pleinement sa vie, qui a épousé son instinct animal, vit à travers lui, et fonde toutes ses décisions sur lui et sur sa raison.

Pourquoi veut-il s'affranchir?

1. Parce que l'esprit dissuade le corps du péché: comme le dit la Bible, « *Je dis donc: Marchez selon l'Esprit, et vous n'accomplirez pas les désirs de la chair* » (Galates 5:16). Tant que cet homme est conscient de l'esprit, il se rappelle sa nature divine et désire des choses spirituelles.

2. Parce que l'esprit révèle l'impureté de nos péchés: l'esprit ou la nature divine que nous renfermons reconnaît la sainteté de Dieu. Une personne qui marche aux côtés de l'esprit ne peut donc pas vivre dans le péché. Elle sait que Dieu est saint; ainsi elle peut reconnaître sa propre corruption et aspirer à l'incorruptibilité.

3. Parce que l'esprit restreint l'instinct animal: Dans 1 Corinthiens 2:14, la Bible nous dit: « *Mais l'homme animal ne reçoit pas les choses de l'Esprit de Dieu, car elles sont une folie pour lui, et il ne peut les connaître, parce que c'est spirituellement qu'on en juge.* »

Pour notre intellect, il est idiot de croire en des choses intangibles. Il est programmé pour questionner le monde. Cela n'est pas forcément une mauvaise chose ; la perte de la capacité à distinguer le vrai du faux est connu sous le nom de « folie ». Cependant, le Créateur nous a fait de sorte que nous puissions percevoir les choses dans nos cœurs, c'est-à-dire dans nos esprits. Lorsque l'on perçoit le monde du point de vue de l'esprit, la raison laisse place à la foi ; par suite, cette nouvelle direction (la foi) est perçue comme une folie du point de vue de la chair, parce que cette nouvelle perspective n'est pas conforme à la raison.

C'est pourquoi Paul dit que « *les choses de l'esprit sont une folie* [inintelligibles et irrationnelles] *pour l'homme animal* ». Il poursuit en disant que « *L'homme animal… ne peut connaître les choses de l'esprit* ». En d'autres termes, la foi ne réside pas dans l'intellect mais dans le cœur. Pourquoi? Parce qu'il semble fou pour la raison de voir ce qui n'existe pas. En réalité, ce que l'homme spirituel perçoit existe bel et bien, mais de manière imperceptible pour l'homme animal. Si une chose est invisible, cela ne veut pas dire qu'elle n'existe pas. Le fait que nous ne puissions pas démontrer l'existence d'extra-terrestres rend l'hypothèse de leur existence ni vrai ni fausse.

L'humanité doit donc réaliser que notre système de pensée actuel a été détourné par les théories de scientifiques partiaux, opposés à la religion. Une incapacité à démontrer l'existence de Dieu ne devrait pas signifier qu'Il existe ou n'existe pas. L'affirmation arrêtée selon laquelle Dieu n'existerait pas est la manifestation de l'esprit de l'Antéchrist.

Satan et son armée cherchent depuis des milliers d'années un moyen d'endormir nos sens spirituels. Ils œuvrent à cet effet depuis la chute d'Adam et Ève dans le jardin d'Eden, prêts à tout pour conduire le plus grand nombre en enfer, même si cela passe par l'infiltration de démons incarnés dans la société humaine (Genèse 6:4).

L'ÂGE DES SENS

MAGNIFIER LES SENSATIONS

LA PROCHAINE ÉTAPE du projet de Satan est l'Âge des sens. Celui-ci a débuté en 1948 avec la Déclaration universelle des droits de l'homme et laissera place à l'Âge des dieux après l'enlèvement de l'Église. Il s'agit d'une période durant laquelle les hommes sont bombardés d'informations qui stimulent leur curiosité, leur intellect, leurs sentiments, leurs sensations, et leurs croyances.

Ce nouvel environnement a remodelé la société de manière à faire tomber toutes ses défenses contre le domaine de Satan. Autrement dit, les portes jadis fermées de ce domaine sont désormais ouvertes, et plus rien ne retient la prise de pouvoir de Satan.

Durant l'Âge de l'expression, le plus grand succès de

Satan a été l'ingénierie culturelle. Ce qu'il n'avait pas été capable d'accomplir à travers les puissants empires universels devint possible grâce à de simples échanges d'idées amorcés dès la Renaissance. Il comprit que le moyen le plus efficace de changer la société était de la mettre à l'épreuve par des idées nouvelles.

Il met désormais tout en œuvre pour intensifier cet échange d'information entre les cultures. Son objectif est d'utiliser la technologie pour engloutir les anciennes croyances et en faire émerger de nouvelles; d'injecter des pensées et de suggérer de nouveaux modes de vies, de nouvelles cultures et mentalités. Ses idées doivent retentir plus fort que les cultures, les systèmes de pensée, les philosophies, les traditions et toutes les autres voix sociales.

Au cours de cette ère, Satan surmonte les défenses spirituelles, physiques et psychologiques. Nous ne vivons plus à l'ère des modes de communication primitifs comme le papyrus égyptien utilisé par les Grecs, mais à une époque de technologies de l'information très avancées. Satan dispose de tous les outils nécessaires pour réaliser des transformations sociales plus rapides et profondes. Son objectif premier est donc d'atteindre une symbiose culturelle optimale.

Les humains étant des êtres dynamiques et malléables, même les sociétés fermées finissent par changer. Leur évolution peut être lente, mais elle finit toujours par se faire, et c'est la force qui l'anime qui en définit la direction.

Au milieu du XXe siècle, le mouvement américain des droits civiques en appelait à la conscience du peuple pour faire advenir le changement social. Mais aujourd'hui, de nombreux militants du changement social ne font plus confiance à la conscience du peuple. Le mouvement des droits civiques mené par Martin Luther King Jr. reposait sur la capacité des hommes à distinguer le bien du mal pour mettre fin à la ségrégation raciale. Aujourd'hui, ceux qui luttent pour le changement social n'ont pas besoin de faire appel à la conscience des hommes. Avec suffisamment d'argent et le contrôle des médias, le bien peut devenir mal et le mal peut devenir bien. Il est pas nécessaire que les hommes désirent le changement. La technologie et les médias permettent de modifier l'opinion publique. Par conséquent, ceux qui contrôlent les médias ont le pouvoir de modifier lentement notre perception des choses et même de forger entièrement les pensées de toute une nouvelle génération.

POURQUOI L'ÂGE DES « SENS »?

Durant l'Âge des sens, les émotions des hommes deviennent la morale la plus importante. La démocratie a créé une atmosphère d'équité dans la plus grande partie du monde. Les hommes étant libres de leurs pensées et de leurs croyances, nombreux sont ouverts au conditionnement.

Ils peuvent être comparés à des enfants sans contrôle parental. Avec une connaissance et une compréhension réduites du monde qui les entoure, ils finissent par suivre quiconque fournit des bonbons en plus grande quantité et en meilleure qualité. Puis ils grandissent et s'aperçoivent qu'ils ont été trompés; ils se demandent alors à quoi leurs vies auraient ressemblé s'ils étaient restés sous l'autorité de leurs parents.

Durant l'Âge des sens, Satan profite de l'ignorance de l'humanité pour la retourner contre Dieu. De nombreuses personnes sont conditionnées à la recherche du plaisir parce que, pour eux, la vie est faite de sensations. Désormais, exister signifie se faire plaisir jusqu'à satisfaction du *soi*. À ce stade, la plupart des hommes sur Terre pensent qu'un être humain n'est autre qu'un corps et que nous ne vivons qu'une seule et courte vie. La préoccupation du *soi* s'intensifie donc au cours de cet âge.

Il est important pour Satan de convaincre les hommes qu'ils ne sont qu'un corps parce que ce n'est qu'avec cela qu'ils arrêteront d'écouter leur penchant naturel vers Dieu. Les médias de masse et les technologies de l'information polluent tant les vies des gens que la voix de Dieu s'efface chez la plupart.

À ce stade, nombreux sont ceux qui opposent la science à la foi, non pas parce qu'ils ont lu les Écritures qu'ils y ont trouvé de véritables contradictions, mais en raison des messages de moquerie dissimulés dans les films, les séries télévisées, et toutes les autres formes de médias. Ils adoptent cette idée fausse non pas parce qu'ils ont étudié la parole de Dieu et qu'ils l'ont trouvée contradictoire avec la science, mais en raison des spéculations d'autres personnes qui ne connaissent pas la Bible non plus.

Satan a donné aux hommes de nombreuses excuses pour ne pas chercher le salut en Jésus-Christ. On entend souvent des gens dire que le Christ ne leur pose pas problème et que ce sont les prédicateurs qui ne leur inspirent pas confiance. Cette excuse n'est pas si insensée, mais elle favorise le succès de Satan. Elle est la raison pour laquelle, au cours de cette âge, il répand dans le monde des prédicateurs tout aussi malveillants que lui. Ceux-ci prêchent en espérant faire naître un intérêt pour le royaume des cieux, et des milliers voire des millions de personnes écoutent leur message.

Durant l'Âge des sens, les hommes sont si occupés à chercher le plaisir qu'ils deviennent insensibles à la voix de Dieu. La Parole de Dieu avait déjà prédit cela en comparant cet âge à Noé avant le déluge : ils « *mangeaient et buvaient, se mariaient et mariaient leurs enfants, jusqu'au jour où Noé entra dans l'arche* » (Matthieu 24:38). C'est pourquoi l'enlèvement sera une telle surprise pour une majorité de personnes.

LA CULTIVATION

La recherche en communication humaine montre que des personnes envahies par les médias pendant un certain temps se mettent à croire les messages sociaux véhiculés par ces médias. Ce domaine de recherche est connu sous le nom de « théorie de la culture ». Malheureusement, ceux qui sont victimes de cette cultivation développent souvent une vision du monde erronée.

À cet égard, l'une des campagnes les plus réussies de l'histoire, aux résultats concrets, est celle qui fut menée par les militants lesbiennes, gays, bisexuels et transgenres, dit mouvement LGBT. Il fut un temps durant lequel les médias étaient contre les personnes LGBT. Mais au cours de cette dernière décennie, le revirement de l'opinion publique à leur sujet semble correspondre à la quantité de contenu LGBT présent dans les médias. Cette récente augmentation exponentielle dans les séries télévisées, les films, et d'autres médias de masse semble contribuer au revirement de l'opinion publique en faveur des personnes LGBT, notamment parmi la jeunesse occidentale.

Pendant des siècles, lorsque Satan a voulu détruire des royaumes et des empires, la sexualité a été son plus grand allié. Toute une génération est corrompue et toute une culture devient abominable aux yeux de Dieu. Une fois que la nation baigne dans le péché, Satan n'a plus rien à faire: le jugement de Dieu suit. C'est pourquoi Sodome et Gomorrhe avaient été éliminés. C'est aussi pourquoi Dieu souhaitait que les Cananéens soient exterminés et que leur terre soit donnée au peuple d'Israël.

Souvent, une nation contaminée par l'immoralité sexuelle ne peut faire marche arrière. Les péchés sexuels conduisent à d'autres péchés ou à un mode de vie impur. Là où il y a déviation sexuelle, il y a aussi:

- Alcool

- Drogues

- Incrédulité

- Idolâtrie

- Inceste

- Adultère

- Et bien d'autres choses encore.

Dans une société où l'immoralité sexuelle et bien cultivée, les pratiques telles que l'inceste prospèrent. En d'autres termes, parce que les membres de cette société sont exposés à des pratiques telles que la sodomie, l'homosexualité, la pédophilie, la zoophilie (relations sexuelles avec les animaux), ou d'autres formes de comportements sexuels pervers ou contre nature, leur perspective sur les relations sexuelles change. Le plaisir devient plus important que les anciennes valeurs de cette société. Ces hommes rentrent donc dans une logique d'exploration sexuelle et repoussent progressivement les frontières morales de la sexualité.

La Bible montre que c'est ce qui est arrivé la société romaine. Paul explique le comportement sexuel des Romains en disant que Dieu « *les a livrés à l'impureté, selon les convoitises de leurs cœurs; en sorte qu'ils déshonorent eux-mêmes leurs propres corps; eux qui ont changé la vérité de Dieu en mensonge, et qui ont adoré et servi la créature au lieu du Créateur, qui est béni éternellement.. C'est pourquoi Dieu les a livrés à des passions infâmes: car leurs femmes ont changé l'usage naturel en celui qui est contre nature; et de même les hommes, abandonnant l'usage naturel de la femme, se sont enflammés dans leurs désirs les uns pour les autres, commettant homme avec homme des choses infâmes, et recevant en eux-mêmes le salaire que méritait leur égarement. »* (Romains 1:24-27).

Cette méthode a plus ou moins réussi à Satan. Cependant, par le passé, trop de défenses naturelles empêchaient encore la progression du fléau. Les communautés humaines étaient encore culturellement très différentes et dispersées de par le monde. Par exemple, à l'époque de Sodome et Gomorrhe, bien que de nombreuses nations alentour auraient pu être contaminées par les péchés sexuels de Sodome et Gomorrhe, la propagation de ces comportements était encore relativement difficile. Les modes de communication et de transportation primitifs de cette époque restreignirent le projet de Satan à Sodome et Gomorrhe, ou à quelques nations alentour tout au plus.

A contrario, la technologie moderne donne à Satan des pouvoirs de cultivation inégalés. L'un de ses succès observable est son emploi de la télévision pour normaliser l'homosexualité et d'autres déviations sexuelles. Sa stratégie est de bombarder le monde de contenus médiatiques qui normalisent les comportements sexuels contraires à la Parole de Dieu. Il sait que la cultivation est une arme puissante, voire même une science; il emploie donc les médias pour fabriquer une nouvelle culture. Celle-ci donne naissance à une génération de personnes à son image - une génération non pas de tolérance mais de curiosité sexuelle.

Par exemple, depuis le début des années 1990, l'homosexualité est de plus en plus visible dans les médias. Des acteurs de renom sont disposés à jouer des rôles d'homosexuels dans des films et séries télévisées populaires, par exemple:

- 2010 : Bradley Cooper dans *Valentine's Day*

- 2009 : Jim Carrey dans *I Love You Phillip Morris*

- 2007 : Robert De Niro dans *Stardust*

- 2006 : Daniel Craig dans *Scandaleusement Célèbre*

- 2005 : Lena Headey dans *Imagine Me And You*

- 2004 : Emily Blunt dans *My Summer Of Love*

- 2003 : Jennifer Lopez dans *Amours troubles*

- 2002 : Julianne Moore dans *The Hours*

- 2001 : Naomi Watts dans *Mulholland Drive*

- 1997 : Greg Kinnear dans *Pour le pire et pour le meilleur*

- 1993 : Tom Hanks dans *Philadelphia*

- 1993 : Will Smith dans *Six degrés de separation*

Cette montée du militantisme LGBT a eu des effets notables sur la société américaine et probablement sur le reste du monde. Aux États-Unis, de plus en plus d'États légalisent le mariage homosexuel et de plus en plus de jeunes semblent ouverts à l'idée.

Aux débuts des technologies médiatiques, les militants LGBT avaient déjà compris la théorie de la culture. Ils ont utilisé leur influence et leur argent pour bombarder le monde de contenus dans lesquels ce qui était autrefois sexuellement immoral devient la norme. En submergeant un monde hostile de contenus différents, ils ont progressivement réussi à faire revirer l'opinion publique en faveur de la perversion sexuelle. Les personnalités les plus populaires et admirées du cinéma campent des personnages LGBT dans des rôles qui en véhiculent une image positive dans un message profondément retentissant auprès des jeunes. Au cinéma, ces rôles sont ceux de:

- Meilleur ami

- Ami bienveillant

- Ami loyal

- Victime

- Parents adoptifs formidables

- Cadre d'entreprise isolé bien qu'intelligent et exceptionnel

Ce n'est qu'une question de temps avant que la majorité de la société humaine adopte la sodomie et finisse par se rebeller contre le Dieu Très-Haut. La perversion sexuelle est l'une des nombreuses choses que Satan utilise pour cultiver le monde par les médias.

Bien que certains d'entre nous tentent de résister à l'influence des médias, nous sommes tous influencés par la télévision, la radio, les journaux, la publicité, et Internet, consciemment ou inconsciemment. Croyants et non-croyants, riches et pauvres, tous les membres de la société actuelle sont influencés par les médias de masse d'une manière ou d'une autre et de façon quotidienne:

- D'un côté, ces médias aident les philanthropes à lever des fonds et à véhiculer des messages humanitaires; de l'autre, ils supplantent l'éducation parentale des enfants. Aujourd'hui, les enfants trouvent une part croissante de leurs connaissances et de leur philosophie de vie en dehors de la maison.

- D'un côté, ces médias donnent à des millions de personnes un accès à l'Évangile; de l'autre, elle conduit de nombreuses personnes en enfer à travers la pornographie.

- D'un côté, ces médias révèlent les crimes de guerre ; de l'autre, ils font la publicité de bijoux faits de « diamants de sang » qui financent des guerres dans les régions du monde d'où proviennent ces diamants.

- Cette liste pourrait se prolonger bien longuement.

Les médias de masse sont véritablement un champ de bataille entre « le bien et le mal », mais la question demeure: sont-ils bons ou mauvais? Pour certains ils sont bons, pour d'autres mauvais, et pour d'autres encore, ils sont les deux à la fois, selon leur utilisation. Mais tout ce qui porte la mention « bon ou mauvais » est à prendre avec précaution. Cela rappelle la conversation concernant « le bien et le mal » entre Ève et Satan dans le jardin d'Éden (Genèse 3:5). Dans Jacques 3:11, la Bible soulève la question suivante: « La source fait-elle jaillir par la même ouver*ture l'eau douce et l'eau amère? »*

LA STRATÉGIE DE SATAN

Durant l'Âge des sens, la stratégie de Satan peut être divisée en trois objectifs:

1. La propagation d'un esprit anti-chrétien/anti-religieux à travers le monde

2. L'utilisation de nouvelles technologies pour fabriquer une nouvelle société mondiale

3. L'invasion des sens des hommes par un message qui les attire dans un monde de luxure et de désirs (sens).

En conséquence, l'humanité traverse le plus grand échange culturel qu'elle ait connu, et Satan s'infiltre dans cet échange pour y immiscer ses propres méthodes. Pour inciter à l'échange d'information, il met en place un système cupide fondé sur les principes de marché libre, ce qui signifie que le flux d'information entre les cultures fonctionne de la même manière qu'un marché libre. L'information devient un produit et quiconque peut attirer le plus de clients gagne la course.

Par conséquent, les religions, les philosophies, les traditions et toute autre substance sociale deviennent des marchandises échangeables sur le marché, et tandis que les hommes y font leurs achats, Satan y vend ses produits. Les hommes choisissent de prendre ce qu'ils veulent d'une religion ou d'une autre, d'une philosophie ou d'une autre, d'une tradition ou d'une autre, et ils finissent avec des morceaux épars de chaque religion, philosophie, et tradition auxquelles ils étaient exposés.

En définitive, la société ne repose plus sur des religions et des traditions mais sur les choix changeants et volatiles des hommes. En d'autres termes, les religions et traditions ne déterminent plus ce qui est bon ou mauvais. Ce sont les hommes qui décident en fonction du spectre idéologique auquel ils sont exposés. Ce qui compte désormais, c'est notre propre perception des choses.

C'est là que les hommes redéfinissent les choses. Ils disent par exemple que:

- Jésus n'est pas nécessairement le seul Chemin, la seule Vérité, et la seule Vie.

- Le mariage ne se fait pas nécessairement entre un homme et une femme.

- L'homme n'est pas nécessairement à la tête de sa famille,comme c'est le cas dans les Écritures.

- Les parents ne savent pas toujours ce qui est mieux pour leurs enfants.

- Le mot «enfant» ne signifie pas nécessairement «progéniture»; il peut aussi signifier « adopté ».

- Les mots « père » et « mère » ne signifient pas nécessairement « celui ou celle qui a donné naissance à un enfant » ; il peut aussi signifier « celui ou celle qui joue le rôle de père ou de mère ».

- Avoir des organes génitaux masculins ne signifie pas nécessairement être un garçon ou un homme.

- Avoir des organes génitaux féminins ne signifie pas nécessairement être une fille ou une femme.

Au cours de l'Âge des sens, Satan accomplit un progrès extraordinaire en ce qui concerne le conditionnement du monde. Mais il ne fait que planter une semence qui devra mûrir avant de pouvoir être récoltée. Le chapitre suivant traite de cette récolte. Qu'adviendra-t-il au final? Quelle sera la condition de l'humanité?

CHAPITRE 6

L'ÂGE DES DIEUX

L'ILLUSION D'ÊTRE UN DIEU

L'ÂGE DES DIEUX naît de milliers d'années de conditionnement social. Pour Satan et son armée de démons, c'est le jour de paie. Satan a terminé de réaliser les changements sociaux nécessaires et attend désormais l'occasion propice de gouverner le monde officiellement pendant le peu de temps qu'il lui reste. Deux choses importent durant cet âge: d'une part, les conditions de vie des hommes à l'échelle mondiale, et d'autre part, l'état d'esprit spirituel et philosophique du monde.

L'Âge des dieux est le temps de la récolte pour Satan. Des milliers d'années durant, il a oeuvré à semer des semences dans l'humanité. Pour conditionner les sociétés, il a employé:

- L'adoration démoniaque, telle que les religions et pratiques anciennes.

- Les empires universels (babylonien, perse, grec, puis romain, ottoman, américain, et ce qui suivra).

- Les entités religieuses universelles au pouvoir politique extraordinaire (catholicisme romain, islam sous l'empire ottoman).

- Les médias de masse pour fabriquer les valeurs sociales à travers ce que les chercheurs en communication appellent « la mise sur agenda, l'hégémonie et la théorie de la culture ».

APRÈS LA CHUTE

Après la Chute d'Adam et Ève, l'humanité était encore très liée à Dieu. Les hommes vivaient dans la nostalgie de la vie dans le jardin d'Éden. Bien qu'ils ne l'eurent pas connue, ils n'avaient pas complètement perdu leurs instincts spirituels.

Ils avaient encore une forte envie de vivre en présence de Dieu et leurs sens spirituels étaient encore forts. Caïn et Abel, tous deux nés après la Chute, entendaient encore la voix de Dieu. Ils voulaient tant être à ses côtés que Caïn tua son frère, jaloux du rapport privilégié que celui-ci entretenait avec Dieu. Même après avoir tué son frère, il entendait encore la voix de Dieu et était parfaitement conscient du contrôle que Dieu exerçait sur sa vie. Il négocia donc sa punition avec Dieu en lui disant : « Mon châtiment est trop grand pour être supporté. Voici, tu me chasses aujourd›hui de cette terre ; je serai caché loin de ta face, je serai errant et vagabond sur la terre, et quiconque me trouvera me tuera. » (Genèse 4:13-14).

La première société humaine comprenait manifestement qui était Dieu. Bien que les hommes connaissaient déjà les conséquences du péché, ils tenaient précieusement à leur lien avec leur Créateur. Le péché avait troublé l'équilibre de la création et avait introduit la lutte pour la vie. De nombreuses personnes se sont donc écartées de Dieu en raison des conditions de vie en dehors du jardin d'Éden.

COMMENT EN SOMMES-NOUS ARRIVÉS LÀ?

Cette société humaine primitive qui s'était développée peu après la Chute était vulnérable. Le péché a continué de creuser le fossé entre l'humanité et Dieu. La nourriture se raréfiait et la vie elle-même était une lutte. Les hommes cherchaient à survivre. Satan voulu tirer profit de la situation mais cela lui fut difficile car la plupart des gens savaient encore qui était Dieu et Le craignaient. Il a donc procédé par étapes pour parvenir à ses fins.

Comme il savait que le projet de salut de l'humanité était déjà enclenché, son objectif fut non seulement de corrompre la création de Dieu dans sa totalité, mais aussi de conduire le plus d'âmes possible à la condamnation.

Comment était-il au courant du projet de salut ? À ce stade, celui-ci n'était pas secret ; Dieu avait déjà révélé que l'humanité serait sauvée. Celle-ci devient problématique pour Satan. Dieu lui avait donné un aperçu de Son projet en disant, dans la Genèse 3:15:

> « Je mettrai inimitié
> *entre toi et la femme,*
> *entre ta postérité et sa postérité:*
> *celle-ci t'écrasera la tête,*
> *et tu lui blesseras le talon. »*

Satan prit son temps pour progressivement mener à bien la corruption totale de l'humanité. Chaque étape éloignait celle-ci de Dieu en exacerbant le péché et l'immoralité dans le monde à travers le partage des vices et des valeurs. Face à l'augmentation des vices, l'accroissement des valeurs ne valait strictement rien aux yeux de Dieu.

ÉTAPE 1: L'ADORATION DÉMONIAQUE

En premier lieu, Satan mit en place l'adoration démoniaque afin d'effacer la nostalgie du jardin d'Éden au sein de la première société humaine. Il fit tomber le monde dans l'idolâtrie, plus particulièrement l'adoration des démons. Très vite, nombreux furent ceux qui oublièrent comment adorer le Dieu Très-Haut et se tournèrent vers l'adoration de Ses créations à la place (étoiles, montagnes, forces de la nature). Pour Satan, cela était un jeu d'enfants: la société cherchait désespérément à survivre. Là où sa supercherie était particulièrement réussie, il parvint même à faire adorer certains de ses démons en qualité de dieux.

Ces démons sont plus connus comme les divinités mythologiques de l'histoire ancienne. Ils figurent dans l'histoire de la plupart des sociétés du monde: Zeus et Athéna chez les Grecs, ou Osiris et Isis chez les Égyptiens.

L'adoration démoniaque est parvenue à rediriger le besoin humain de présence divine vers de faux dieux. Dans sa quête de sécurité et d'une vie meilleure, cette jeune société compensa son désir de Dieu par l'adoration démoniaque. Lentement mais sûrement, au fil des nombreuses années, la connaissance de Dieu qui se transmettait d'une génération à l'autre s'effaça. La croyance en plusieurs dieux devint la norme et nos ancêtres primitifs ne purent plus entendre la voix de Dieu aussi distinctement que Caïn et Abel.

L'adoration démoniaque se poursuivit pendant de nombreux siècles. Mais le désir humain d'adoration embêtait encore Satan. Celui-ci savait que le Très-Haut pouvait se manifester à tout moment et que les hommes délaisseraient alors leurs faux dieux pour accourir vers Lui. Néanmoins, pour Satan, cette transformation sociale précise était une étape vers une transformation plus grande qui aurait un impact supérieur sur la capacité humaine à reconnaître et à obéir à la voix du Créateur.

ÉTAPE 2: LES EMPIRES UNIVERSELS

Pour continuer à éloigner la société primitive du droit chemin, Satan passa à l'étape supérieure. Il savait que l'adoration d'autres dieux ne le mettait pas à l'abri d'un retour de l'humanité vers Dieu quand Il se manifesterait. Satan voulu donc accroître le péché au sein de la société humaine. Pour ce faire, il tenta de forcer le changement social en faisant en sorte que certains hommes imposent de nouvelles façons de vivre à d'autres. Pendant cette période, sa stratégie fut de créer des royaumes universels dont les peuples seraient soumis à des abominations plus terribles que jamais. Ces royaumes constitueraient son cadre de travail.

En d'autres termes, Satan utilisa les empires universels pour attirer vers lui le plus grand nombre d'hommes sur Terre. De fait, Dieu avait plusieurs fois révélé cette vérité à Daniel : d'abord dans la vision de l'empereur babylonien Nabuchodonosor (rapportée dans Daniel 2), et dans la « *vision des quatre bêtes* » racontée directement à Daniel dans le chapitre 7 de son Livre. Dans ces deux visions, Dieu avait mis en garde Ses enfants au sujet des empires universels.

Mais bien avant ces révélations, Satan avait déjà tenté d'établir un empire universel dans le monde. Les versets de la Genèse 10:9-10 et 11:1-7 font état du tout premier empire mondial construit par Nimrod à Babel - la première tentative d'ingénierie sociale de Satan. D'après les

Écritures, la dissolution de cet empire est la raison même pour laquelle Dieu introduisit les langues dans le monde, qui rendraient ces tentatives infructueuses à l'avenir. Même dans les visions de Daniel, Dieu n'avait pas laissé l'humanité en totale perdition. Tous ces empires atteignirent un point de basculement lorsque Dieu décida d'y mettre fin.

ÉTAPE 3: LES RELIGIONS UNIVERSELLES AU POUVOIR POLITIQUE EXTRAORDINAIRE

L'Empire romain dû faire face à un ennemi puissant censé « écraser la tête [de Satan] » (Genèse 3:15). Au cours du premier et du deuxième siècle après Jésus-Christ, l'Évangile se répandait rapidement et commençait à transformer le paysage culturel et spirituel à travers l'Empire romain, créant en quelque sorte un nouveau champ de bataille spirituel pour Satan. Avant l'avènement de l'Évangile durant la première moitié du premier siècle, Israël était son seul champ de bataille spirituel. Les autres nations adoraient encore des idoles et ignoraient qui était le Dieu Très-Haut. La propagation de l'Évangile fut donc une nouvelle menace qui ne pouvait être contrée par un outil de cultivation comme les empires universels.

Avant l'Évangile, le seul obstacle à la transformation engendrée par les empires universels était l'ensemble des défenses naturelles de la société. Satan avait besoin de temps pour les faire tomber. C'est pourquoi il a toujours cherché des moyens effectifs de changer la société plutôt que de façonner le changement lui-même. Souvent, de nombreuses années de guerre, conquêtes et carnages furent nécessaires pour ériger de grandes puissances comme les empires babylonien, perse, macédonien et romain. Mais une fois un empire universel établi, le changement culturel était quasiment inévitable. Comme la majorité des hommes ne connaissait pas Dieu, leurs croyances spirituelles n'étaient pas le cheval de bataille de Satan. Outre son pouvoir de faire connaître Dieu aux nations, l'Évangile avait le potentiel de défaire d'augmentation des vices provoquée par les empires universels.

Satan devait donc adapter les empires universels au nouveau défi. Il devait non seulement permettre l'échange culturel, mais transformer les systèmes de pensée de sorte que ceux-ci contrecarrent l'Évangile. Comme il l'a été évoqué au chapitre 3, l'échange culturel intéresse Satan surtout parce qu'il augmente les vices, non pas parce qu'il augmente les valeurs au sein d'une société. Ainsi, une fois l'Évangile révélée au monde, Satan dû se soucier de l'influence des pays l'ayant reçu sur ceux qui appartenaient à des empires universels (romain ou ottoman par exemple). Mais comme le dit Paul, « *c'est une puissance de Dieu pour le salut de quiconque croit* » (Romains 1:16). Satan se mit donc à utiliser aussi les religions universelles pour éloigner la société des vérités. Pendant le règne de l'Empire romain, Satan réalisa que l'humanité gagnerait son salut à travers Jésus-Christ. Après l'échec de la persécution de ceux qui portaient le message du salut, Satan décida d'utiliser la technique de l'empire universel en y introduisant une nouvelle variante de la religion visant à enrayer la propagation de l'Évangile.

Comme il réalisa qu'il ne pouvait l'arrêter complètement, il se mit à imposer au monde de fausses religions. L'église catholique romaine et l'islam entreprirent des conquêtes pour convertir les peuples. Parfois, ceux-ci devaient choisir entre la conversion et la mort. À plusieurs reprises au cours de l'Histoire, ces deux religions eurent tant de pouvoir politique qu'elles créèrent quasiment de nouvelles sociétés, cultures et civilisations. Plus que de simples religions ou empires universels, elles étaient les deux à la fois.

Avec les religions universelles, Satan frappa d'une pierre deux coups. Il provoqua l'impact d'un empire universel tout en abreuvant le monde de fausses doctrines de salut. En conséquence, des millions de personnes se mirent à chercher un Dieu illusoire, pratiquant des abominations et s'éloignant du véritable Dieu.

ÉTAPE 4: LES MÉDIAS DE MASSE

Les trois premières étapes fonctionnèrent, mais seulement dans une certaine mesure, car de maintes défenses naturelles subsistaient (voir chapitre 3). Bien que de nombreuses nations et cultures partageaient de nombreux points communs suite à la propagation des religions et des empires universels, elles affichaient encore des différences considérables sur le plan social et psychologique.

Le dernier outil utilisé par Satan pour faire tomber les défenses de l'humanité fut les médias de masse, qui lui permirent de répandre sa pensée bien plus vite. En l'espace d'un siècle, il réalisa des choses que les religions et empires universels ne purent accomplir en cinq mille ans.

DEVENIR DES DIEUX

L'Âge des sens est le temps de la récolte, à la fois pour le Royaume de Dieu et pour celui des ténèbres. Jésus y fait allusion dans Matthieu 13:29 : « *Non, dit-il, de peur qu'en arrachant l'ivraie, vous ne déraciniez en même temps le blé. Laissez croître ensemble l'un et l'autre jusqu'à la moisson* ». Dieu sait donc ce que Satan mijote, mais comme certaines âmes Le désirent encore, Il préfère laisser la corruption gagner toute la création plutôt que de perdre ces âmes.

L'Âge des sens est le temps de la récolte pour Satan et pour son armée de démons. Voilà des siècles qu'il sème des semences dont les fruits sont aujourd'hui prêt à être cueillis. Autrement dit, l'œuvre du Diable a consisté à conditionner les hommes de sorte que ceux-ci se perçoivent comme des êtres uniquement physiques, non comme des êtres spirituels habitant des corps physiques. Sa marge de manœuvre est extraordinairement grande parce qu'il contrôle presque entièrement les corps des hommes. Il n'a qu'à réguler la disponibilité de leurs sources de plaisir, et eux suivront.

Durant l'Âge des dieux, Satan termine la réalisation des changements sociaux nécessaires et n'attend plus que la bonne occasion de prendre officiellement les rennes du monde pendant le peu de temps qu'il lui reste.

CONDITIONS DE VIE

Pendant cet âge, les conditions de vie sur Terre ne se sont pas améliorées, mais ont au contraire empiré. Les avancées scientifiques pourraient éradiquer la famine et de nombreuses maladies, mais le marché libre rend cela impossible. Ceux qui détiennent les brevets des grandes découvertes scientifiques en tirent profit, tandis que des millions de gens continuent à souffrir de famine et de maladies en raison de leur pauvreté. Les riches s'enrichissent et les pauvres s'appauvrissent plus que jamais.

Peut-être vous demandez-vous comment j'ai abouti à ces conclusions. Luc 21:11 évoque les conditions de vie dans le monde avant la fin. Il écrit : « *il y aura... des pestes et des famines; il y aura des phénomènes terribles, et de grands signes dans le ciel* ». La Bible indique clairement que, science ou pas, famine et maladies persisteront.

Bien que ces conditions de vie laissent à désirer, les hommes entrent dans une période d'espoir. Pendant l'Âge des dieux, ils pensent forger leurs propres destins, ne croient plus en Dieu, et tiennent d'ailleurs les religions responsables de l'absence de paix dans le monde. L'humanité compte sur son propre potentiel. Elle clame donc « *Paix et sûreté !* », comme le prédit Paul dans 1

Thessaloniciens 5:3. Ce qu'elle ne réalise pas, c'est que beaucoup de temps et d'effort ont été investis, des milliers d'années durant, pour façonner ce nouvel état d'esprit.

ÉTAT D'ESPRIT SPIRITUEL ET PHILOSOPHIQUE

Pendant l'Âge des dieux, la majorité des hommes ne croient en aucune forme de spiritualité car, suite à l'Âge des sens, ils ont été conditionnés à se percevoir comme des organismes biologiques. Ils croient qu'un être humain n'est qu'un corps sans âme ni esprit. Il n'y aurait donc pas de vie après la mort, ni toute autre dimension habitable autre que le monde naturel.

La minorité qui croit encore au monde spirituel est divisée en factions, qui représentent des restes de la religion qui avait caractérisée l'Âge des sens. Ces restes sont si insignifiants qu'ils ne ressemblent en rien aux anciennes religions, en dépit de ce que ces petits groupes prétendent. Ils sont plutôt une version diluée, brouillée, et modifiée de la religion originale, en raison des nombreux compromis effectués à l'âge précédent.

L'Âge des sens fut celui du réveil des dieux, ou d'une génération de personnes conditionnées dès la naissance à questionner les croyances, les traditions, voire la nature elle-même. Malgré ce conditionnement, nombreux furent ceux qui croyaient encore au monde spirituel; ceux-ci appelèrent au compromis, pensant améliorer leurs croyances. Ce fut par exemple à ce moment que l'Église légalisa la sodomie, l'avortement, et bien d'autres choses absentes de l'Église primitive. De tels compromis existent certainement dans la plupart des autres grandes religions, bien que cela soit moins grave, le christianisme étant une cible principale.

Sur le plan philosophique, le monde pense avant tout à apprécier la vie au quotidien. Imaginez un monde qui ne se prépare pas à la fin des temps, avec pour seul dieu l'individu lui-même et pour seul ennemi tout ce qui menace la stabilité sociale. La plupart des hommes vivent dans un seul but: celui de récolter des richesses pour profiter de la vie.

Dans ce monde, la croyance en la Bible est perçue comme une folie parce que la majorité des hommes la considèrent comme un ennemi de la paix mondiale. L'esprit de l'Antéchrist a convaincu même les moins connaisseurs en théologie que la paix dans le monde n'adviendra pas tant que les hommes continuent à obéir à des principes religieux. À ce stade, soit la nation d'Israël sera bientôt attaquée, soit Satan continue à faire pression contre elle.

QU'ADVIENDRA-T-IL AU FINAL?

DÉSEMPARÉS

COMMENT RECEVOIR JÉSUS ET FINITE N ENFER.

L'UN DES PLUS grands défis de Satan à mesure qu'il déroule son projet est l'Église. Soyons-clair: l'Église n'est pas une confession particulière mais le corps de croyants nés de nouveau à travers le monde. En définitive, tout ce que Satan accomplit au cours des trois étapes de son projet atteint l'Église. La présence sur Terre d'une forte Église a le potentiel de lui rendre la tâche très difficile. Il a donc conçu son projet pour pousser tous les chrétiens dans un état d'esprit contraire à la Bible dans leur position vis-à-vis de Dieu. En conséquence, de nombreux chrétiens:

- Deviennent insensibles à la voix de l'Esprit-Saint en ce qui concerne le péché.

- Ne se soumettent plus à la Parole de Dieu; leurs opinions envers celle-ci deviennent plus importante que leur soumission à elle.

- Continuent à croire qu'ils sont des êtres spirituels tout en aimant le plaisir, sans désir d'aller au ciel un jour.

- Ne répondent qu'aux sermons qui stimulent leurs sens.

- Sont, eux aussi, devenus les dieux de leurs propres vies. Comparé aux non-croyants, la seule différence est qu'ils se sont convaincus qu'ils seront sauvés.

L'EFFET DES « ÉPINES »: LE HANDICAP SPIRITUEL

Au cours de cet âge, le conditionnement produit l'effet des « épines » décrit dans Matthieu 13:22. Jésus parle d'un cœur si préoccupé par la vie naturelle et les possessions de ce monde que la semence de l'Évangile devient inefficace. En ses propres termes, Jésus dit que « *les soucis du siècle et la séduction des richesses étouffent cette parole, et la rendent infructueuse* ». Les gens sont conditionnés à attacher tant de valeur à leur vie naturelle que les choses de Dieu importent moins, voire pas du tout pour certains.

Pendant l'Âge de l'expression, l'Église traversa différentes phases. Mais elle prospérait et son activité missionnaire fut remarquable. Presque toutes les nations sur Terre avaient entendu l'Évangile, et de nombreux croyants à travers le monde continuaient de répandre la Bonne Nouvelle du salut.

Pendant l'Âge des sens, l'Église commença à rencontrer des problèmes. Satan disposait enfin de technologies de l'information plus avancées pour optimiser le conditionnement social. Une fois que les hommes commencèrent à se percevoir comme des corps et non des esprits habitant des corps, de moins en moins de cœurs étaient prêts à recevoir l'Évangile.

Lorsque vient l'Âge des dieux, les chrétiens croient suivre le Christ quand en réalité, « *les soucis du siècle et la séduction des richesses* » les ont rendus incapables de confiance en Dieu. Ils sont conditionnés pour ne recevoir que les choses qui stimulent leur sens. Ils se perçoivent comme principalement des corps. La seule réalité à laquelle ils répondent est le monde physique. En conséquence, la Bonne Nouvelle n'est plus le pardon des péchés par Jésus-Christ, mais la valorisation du quotidien terrestre. Le conditionnement a modifié même le message de l'Évangile: l'important devient l'homme naturel, non le salut de l'âme.

Une fois le conditionnement arrivé au niveau-cible, excepté les restes, la majorité des chrétiens dans le monde se retrouvent en état de handicap spirituel. Ils n'ont de chrétien que la revendication de leur chrétienté.

Spirituellement, ils sont comme des nourrissons dans des corps d'adultes.

- Ils s'habillent comme le reste du monde.

- Ils parlent comme le reste du monde.

- Ils imitent le reste du monde.

- L'avortement est perçu comme normal dans la quête du bonheur sur Terre.

- Le divorce est perçu comme normal dans la quête du bonheur sur Terre.

- La Bible nous appelle « saints », mais de nombreuses personnes, incapables de marcher selon l'Esprit, acceptent l'idée que la nature humaine est corrompue, et qu'il est impossible même à un enfant de Dieu de marcher dans la sainteté

- L'homosexualité est largement acceptée.

- Etc.

INCAPABLES DE SE SOUMETTRE À DIEU NI À QUICONQUE

L'autorité de Dieu ne repose pas sur la voix de la majorité. Les Écritures et la nature montrent que Dieu gouverne toujours à travers un individu. Peut-être que le monde animal n'est pas aussi corrompu que celui des hommes parce que les animaux suivent encore ce modèle. À plusieurs reprises au cours de l'Histoire, la majorité rattrapa une petite minorité illuminée après que celle-ci eut été longuement persécutée pour ses idées.

Dans un monde déjà dérouté du droit chemin, le modèle d'un individu ou d'une minorité chef de file ne fonctionne pas. Par exemple, une nation devrait normalement avoir à sa tête un dirigeant choisi par Dieu, qui y accomplit Sa volonté. Malheureusement, dans une société où le péché a déjà séparé les hommes de Dieu, rien ne garantit que le dirigeant sera l'élu de Dieu.

C'est pourquoi, au fil de l'Histoire, la nation d'Israël a tant lutté pour mettre en oeuvre une théocratie sur Terre. La moindre petite rébellion contre Dieu impliquait une séparation de Lui, suivie d'un effondrement du système. Le péché a introduit des imposteurs ou des dirigeants non choisis par Dieu. Ces imposteurs de rois et de reines n'étant pas guidés par l'Esprit de Dieu, ils éloignent de facto toute la nation de Lui.

À l'état final de l'humanité, les hommes perçoivent la gouvernance comme une fonction, non un facteur sociétal de hiérarchie. Cette perception émane de l'idée selon laquelle « *tous les hommes sont égaux* », contraire à la Bible. Satan veut rendre les hommes incapables de soumission; c'est pourquoi il conditionne la société au rejet de toute forme d'autorité inhérente en la remplaçant par une autorité institutionnelle.

On pourrait croire que Dieu demande à certains hommes de se soumettre à d'autres, mais en réalité Il demande aux hommes de se soumettre à Lui. Lorsque vous vous soumettez à une autorité choisie par Dieu, vous ne vous soumettez pas à cette autorité mais à Dieu Lui-même. L'insoumission est donc une rébellion contre Dieu.

D'une certaine façon, cela vaut aussi pour la société. Dans la plupart des institutions démocratiques, par exemple, l'autorité devrait être une simple position: l'autorité du chef découle de la position qu'il ou elle occupe. En dehors du cadre de cette autorité, l'individu est considéré égal aux autres. D'où vient l'autorité de votre supérieur hiérarchique? Il n'est pas né avec: la société la lui confère. En dehors du cadre professionnel, il est votre « égal ».

Une différence clé entre l'autorité conférée par les institutions sociales et celle conférée par l'autorité divine est la manière dont la société et Dieu recrutent leurs atouts humains. Les institutions cherchent des compétences ou des talents; parfois elles les trouvent, parfois pas. C'est ce qui explique les renvois dans le monde professionnel. A contrario, lorsque Dieu cherche à attribuer à une personne une fonction précise, Il crée cette personne. Il lui donne toutes les compétences et tous les talents nécessaires. L'atout humain de Dieu est parfait et irremplaçable. C'est pourquoi il peut, dans le cadre de cette position, exercer la pleine autorité divine.

SATAN, AGENT DOUBLE

Satan joue le rôle d'un agent double pour mener l'humanité à la rébellion contre les autorités choisies par Dieu. Afin de bien comprendre comment il joue ce rôle, il nous faut d'abord réaliser que Satan est à l'œuvre dans un monde brisé dans lequel la majorité des autorités établies par Dieu sont séparées de Lui en raison du péché. En dépit de cela, elles disposent encore des compétences et des talents que Dieu leur a conférées lorsqu'Il les a créées. Ainsi, même sans l'influence de Dieu, elles ne s'écartent pas trop loin du chemin qu'elles ont été créées pour suivre, même quand elles sont trompées par Satan. Ceci constitue un autre aspect des « défenses naturelles » (voir chapitre 3) que possèdent tous les hommes. Alors en quoi Satan est-il un agent double?

Satan n'aime pas que les gens croient en l'autorité divine innée des rois, des parents, des maris et d'autres formes d'autorité sociétale. Il inonde donc le monde de personnes qui en maltraitent d'autres. S'il est capable de cela, c'est que le monde est déjà corrompu par le péché ; les autorités sont déjà déliées de Dieu, loin de ce qu'Il avait prévu pour elles. En conséquence, les mauvais rois torturent, affament, massacrent et maltraitent leurs peuples. Là où il existe des parents et des maris aimants, d'autres maltraitent physiquement et verbalement leurs femmes et enfants. Satan veut que le monde remette en question et rejette ces autorités.

En même temps qu'il fait souffrir des millions de gens par le biais des autorités établies, il suggère discrètement que ceux-ci devraient s'en affranchir. Il est un agent double qui travaille à la fois pour le « bien » et le mal. Il joue d'une part le rôle de l'autorité diabolique pour que les hommes se soulèvent contre l'autorité elle-même, et d'autre part celui du penseur social qui propose des alternatives à ces autorités. Par conséquent, les hommes rejettent les institutions divines et choisissent les institutions humaines. Ce qu'ils ne réalisent pas, c'est que celles-ci ne sont que les meilleurs analgésiques contre le cancer avancé qu'est le péché. Je m'explique.

De nombreuses personnes s'accordent pour dire que la démocratie est le meilleur système gouvernemental conçu par les hommes à ce jour. Celle-ci leur permet de définir leur propre avenir et celui d'une société. En outre, l'Histoire montre que, dans les sociétés démocratiques, la distribution des richesses est plus juste que dans d'autres formes de gouvernement. La démocratie peut donc être considérée comme l'une des inventions les plus remarquables des deux ou trois derniers siècles. Malheureusement, elle n'est qu'un autre complot satanique contre les institutions divines. Les chrétiens qui vivront sur Terre durant le règne de l'Antéchrist pourront voir ce qu'elle aura fait de la société.

Satan sait qu'il est difficile de provoquer une rébellion massive contre Dieu dans une société où beaucoup de gens sont très attachés à la religion. Ceux-ci sont souvent offusqués lorsque leurs croyances religieuses sont critiquées; même ceux qui ne se considèrent pas religieux sont susceptibles de sentir qu'ils appartiennent à une religion ou une autre en raison de leur éducation. Satan sait donc qu'une attaque massive contre la légitimité de certaines religions peut se retourner contre lui.

Il prend donc son temps, introduisant des « idées de liberté » comme une première étape de la rébellion humaine contre Dieu. Ces idées sont des semences germant à la lumière de la propagande contre les structures fondamentales qui protègent la société humaine de l'effondrement spirituel (comme le gouvernement, la famille et la société en général). À mesure qu'elles se répandent, Satan place des légions de démons sur plusieurs fronts, ciblant le gouvernement mondial, le contrôle des richesses mondiales et la destruction de la famille et des valeurs sociales.

LE GOUVERNEMENT MONDIAL

Sur le front du gouvernement, Satan envoie ses soldats répandre l'idée selon laquelle « la voix du peuple est la voix de Dieu ». Au début, cela fonctionne. L'état de droit est établi et les nations du monde prospèrent grâce à l'équité et à la justice instaurées par la loi. Pour de nombreuses personnes, l'humanité peut enfin espérer s'épanouir. Malheureusement, la démocratie finit par devenir un outil qui unit le monde sous l'autorité de l'Antéchrist.

Ce que la plupart ignorent, c'est que Satan aime guider la foule. Il lança sa première tentative de gouverner à travers la voix de la majorité à Babel au sein de la première civilisation humaine. Le concept de gouvernance était alors plutôt étrange pour la plupart, alors partout les humains se réunirent et planifièrent leur avenir sans dirigeant établi. Animés par le pouvoir satanique, ils se sont mis à construire pour être sûrs de rester ensemble. Le sentiment de gouvernance par la majorité est évoqué dans la Genèse 11:3-4: « ***Ils se dirent*** *l'un à l'autre: Allons!* ***faisons*** *des briques, et cuisons-les au feu ...* ***Ils dirent*** *encore: Allons!* ***bâtissons-nous*** *une ville et une tour dont le sommet touche au ciel, et* ***faisons-nous un nom***, *afin que nous ne soyons pas dispersés sur la face de toute la terre.* » (Je souligne). Afin de donner du temps aux hommes, Dieu décida de les séparer et de les répandre sur la surface de la Terre.

Au cours de ces derniers jours, Satan tente de faire la même chose. Il cherche à établir une gouvernance par la majorité dans toutes les nations; c'est pourquoi il lui faut absolument répandre la démocratie à travers le monde avant la manifestation de l'Antéchrist. Les hommes célèbrent la paix et la sécurité, mais la Parole de Dieu avait prédit dans 1 Thessaloniciens 5:3 qu'une « ruine soudaine les surprendra, comme les douleurs de l›enfantement surprennent la femme enceinte, et ils n›échapperont point. »

LE CONTRÔLE DES RICHESSES MONDIALES

Les légions de Satan utilisent aussi les idées de liberté pour contrôler les richesses du monde. Cet effort se traduit par le capitalisme ou le marché libre. Satan utilise le capitalisme pour imposer au monde un appareil financier unique. Tout comme la démocratie rend possible un gouvernement mondial, le capitalisme rend possible une économie mondiale. Qu'y a-t-il de mal à cela ? Rien, jusqu'à que Satan contrôle les richesses du monde et les utilise pour régir chaque aspect de la vie humaine.

Le contrôle des richesses mondiales lui donne un contrôle du monde entier. Il peut mettre au pouvoir ou destituer ceux qu'il choisit, tant dans les gouvernements que dans le secteur privé. Il peut aussi contrôler les médias et l'opinion publique : par les médias, il peut vous dire pour qui voter, ce qui est bon, ce qui est mauvais, ce qui est tendance ou ringard. Ceci est d'autant plus possible que les hommes n'ont désormais d'autre dieu qu'eux-mêmes. La plupart cherchent à survivre et tous se préoccupent de leur propre personne.

LA DESTRUCTION DE LA FAMILLE

Le corps familial est à l'image de la famille de Dieu. Satan le déteste parce qu'il montre à l'humanité ce à quoi leur relation avec leur Père céleste pourrait ressembler. Satan veut ainsi à tout prix changer cette image pour que l'humanité en oublie l'origine.

L'intention de Dieu était de faire de la famille le principal cadre d'apprentissage. La famille est un socle sur lequel les jeunes sont susceptibles de rester attachés en grandissant. Elle est la première église ou synagogue. Dans Proverbes 22:6 il est écrit: « *Instruis l'enfant selon la voie qu'il doit suivre; Et quand il sera vieux, il ne s'en détournera pas* ». Autrement dit, les choses que nous apprenons dans le cadre familial étant jeunes nous restent en mémoire et forgent notre pensée en grandissant.

Satan, lui, préfère les électrons libres, plus faciles à convaincre. Ceux sans socle constituent des cibles de choix car ils n'évoluent pas sur un chemin défini et peuvent aisément être programmés pour suivre Satan. Celui-ci doit donc détruire la source principale du fondement en envoyant ses légions mettre à mal la structure familiale.

Pour accélérer la destruction de la famille (déjà entamée par le péché), Satan utilisa l'émancipation des femmes. Rappelons-le: c'est parce que la plupart des hommes ne connaissent pas la fin de l'histoire que cette émancipation semble à première vue très positive. Mais, au final, elle est l'outil qui détruit la famille. Adam avait été créé parfait et sans faille jusqu'à ce qu'il demande à être épaulé. Ève devint sa seule faille; Satan l'utilisa pour faire couler Adam et, avec lui, toute la création. Les hommes étant spirituellement et naturellement équipés pour diriger la famille, leur retirer cette autorité aura des conséquences désastreuses. Satan décida donc de recommencer ce qu'il avait fait dans le jardin d'Éden et promut le pouvoir des femmes.

La structure familiale biblique est définie à travers la relation entre le Christ et l'Église. À de multiples reprises, Paul compara Adam au Christ. À quelques autres occasions, il compara le mari au Christ et la femme à l'Église.

Il y a donc peu ou pas d'arguments qui soutienne que le Christ et l'Église sont un modèle de mariage.

Dans le modèle divin de la famille, le Christ ne se situe pas au niveau de l'Église mais au-dessus d'elle. Il n'occupe pas simplement une position supérieure en tant que Seigneur: Il est le visionnaire du couple qui décide dans quelle direction va la famille. Ce que je m'apprête à dire risque d'en offusquer plus d'un! Le Christ et l'Église ne prennent pas de décisions unanimes. Le Christ doit être suivi. Toute ambition de l'Église doit être approuvée par le Christ ou celle-ci s'éloignerait de la volonté de Dieu. Il en va de même pour les femmes qui ne se soumettraient pas à leurs maris.

UNE APPROCHE FÉMINISTE À LA PAROLE DE DIEU

Au stade final, Satan parvient à conditionner les femmes croyantes, qui voient la Parole de Dieu à travers un prisme féministe. De nombreux prêcheurs de l'Évangile promeuvent les femmes au pouvoir et, ce faisant, omettent ou modifient la Parole de Dieu. Rares sont les prédicatrices qui ne s'efforcent pas de réinterpréter l'ordre biblique disant: « *Femmes, soyez soumises à vos maris, comme au Seigneur* » (Éphésiens 5:22). La notion de soumission n'existe tout simplement plus au stade final, chez les femmes comme chez la majorité du monde.

Au cours de la dernière période, les chrétiens croient encore avoir un esprit, une âme et un corps. Mais le conditionnement les gagne progressivement. Ils se perçoivent comme des êtres spirituels habitant des corps physiques, mais leurs coeurs sont épineux et ils sont nombreux à être compromis. La transformation sociale déclenchée par la « campagne pour la liberté » influence leur perception du monde mais aussi de la Parole de Dieu.

Le progressisme influe tant l'Église que la dernière génération de chrétiens ne croit plus à la hiérarchie biblique de la famille. Ceux qui avouent croire encore à la structure familiale ne la prêchent jamais, ou la compromettent quand ils le font. Les femmes sont les plus touchées car beaucoup d'entre elles ont été éduquées pour croire en la Bible, mais le conditionnement les mène à penser secrètement que la Parole de Dieu est injuste envers les femmes. Elles finissent donc par s'identifier aux parties qui ne contredisent pas leurs opinions féministes et sont très mal à l'aise lorsque l'on mentionne la perspective biblique au sujet du rôle des femmes dans le contexte familial.

À cause du féminisme, beaucoup d'experts de la Bible préfèrent promouvoir « l'égalité » plutôt que le modèle biblique de « soumission » dans la structure maritale. Pourquoi une personne accepterait-elle la soumission à une autre? Souvent, lorsque les prêcheurs abordent ce sujet, ils compromettent l'autorité de la Parole de Dieu en essayant d'être justes. Ils se sentent donc obligés de souligner aussi le passage des Écritures disant: « *Que le mari rende à sa femme ce qu'il lui doit* » (1 Corinthiens 7:3).

CONCLUSION

Le socle de tout croyant est la Parole de Dieu. Les vrais croyants ne cherchent pas à en tirer leur propre interprétation quand cela les arrange; ils laissent les Saintes Écritures parler d'elles-mêmes. Ils veulent savoir ce que l'esprit de la Parole cherche à leur communiquer. Mais lorsque les hommes n'y croient plus, ils rêvent d'un monde qui concorderait avec leurs opinions. Ils ne font plus confiance à la sagesse divine parfaite. La Parole de Dieu n'est plus un miroir dans lequel percevoir ce qui ne va pas dans leur vie, mais leur propre chef d'œuvre pictural. Ils lisent la Parole non pas pour la laisser parler, mais pour y projeter leur propre vision des choses.

Il y a deux mille ans, Jésus anticipa l'Âge des dieux (voir chapitre 6) et remarqua l'inquiétude de nombreux croyants quant à l'hostilité croissante du monde envers la Bible, les croyants, Israël, et Dieu Lui-même. Sachant que, dans ces temps difficiles, de nombreuses personnes liraient la Bible, Il envoya un message dans le futur à l'attention de ses fidèles: « *Le ciel et la terre passeront, mais mes paroles ne passeront point* » (Matthieu 24:35). Son message n'est pas une marque de désespoir mais de confiance en la souveraineté de Sa Parole. Là où de nombreuses personnes font des compromis pour s'adapter au nouveau monde, « *les portes du séjour des morts ne prévaudront point contre* » (Matthieu 16:18) ceux qui le cherchent vraiment.

LES CINQ PORTES DU ROYAUME DES CIEUX

LE VÉRITABLE SALUT

LE SALUT ILLUSOIRE

EN RAISON DU conditionnement, beaucoup de prédicateurs du salut prêchent un salut illusoire. Ceux qui croient au salut illusoire pensent être sauvés, mais ils ne le sont jamais vraiment. Ils font partie de ceux auxquels le Seigneur Jésus finit par dire : « *Je ne vous ai jamais connu* ».

Le message du salut illusoire tire profit de la capacité des hommes à croire fortement en leurs propres opinions. Ils ne peuvent être convaincus de leurs péchés parce qu'ils ont été formés pour n'avoir qu'une attitude positive envers eux-mêmes. Les prédicateurs du salut illusoire évitent donc de toucher à l'individualité en parlant de « restauration », non de « réconciliation et restauration ».

Ces prédicateurs évitent de montrer que, si l'humanité nécessite le salut, c'est en raison du péché. Ils présentent plutôt les problèmes sociaux comme étant la raison pour laquelle les hommes ont besoin du Christ. Le message de salut illusoire a tendance à omettre la responsabilité de l'humanité dans sa propre condition.

LE PARDON ILLUSOIRE

La voix du Saint-Esprit qui convainc du péché s'efface dans le vacarme ambiant des paroles d'affirmation de soi. Le message de Satan au monde est « zéro culpabilité, profitons de la vie ». Il est répété partout, des films aux séries télévisées en passant par les livres et mêmes les églises.

C'est même la tonalité que prend l'Évangile dans la majeure partie du monde. À la place de « *la repentance et (du) pardon des péchés* » évoqués dans Luc 24:46-47, les prédicateurs n'évoquent que « *le pardon des péchés* » et invitent les croyants non-repentis à bénéficier des récompenses du repentir. Le salut sans repentance est facile et plaît au monde. Les églises qui portent ce type de message sont donc très fréquentées.

Ceux qui cherchent véritablement le salut peuvent difficilement identifier la voix de Dieu dans de telles conditions. Ils se demandent si la voix du Saint-Esprit est celle qui les appelle à « se repentir et à croire » ou celle qui leur dit de « croire et profiter » de leurs vies sur Terre.

Les personnes qui prêchent ces deux messages disent que ceux-ci viennent de Dieu, mais pour la plupart d'entre eux, la philosophie du « croire et profiter » est bien plus alléchante.

Satan sait que, sans une vraie repentance, la réconciliation est impossible. Il déclare donc la guerre à la voix qui convainc « *le monde en ce qui concerne le péché, la justice, et le jugement* » (Jean 16:8). Tant que les hommes n'écoutent pas cette voix, ils ne peuvent être convaincus qu'ils sont concernés par le péché, la justice et le jugement.

L'INDIFFÉRENCE À LA CULPABILISATION

Le message de la repentance déclenche la « conviction de péché ». C'est pourquoi Satan lui déclare la guerre. Il bombarde le monde d'enseignements et de divertissements qui véhiculent l'idée de « pensée positive » pour rendre de nombreuses personnes indifférentes à la culpabilisation. La société perçoit le sentiment de culpabilité comme un trouble psychologique plutôt qu'une composante importante de la capacité humaine à s'auto-évaluer. Sans cette capacité, les hommes deviennent des psychopathes incapables de remords après avoir offensé Dieu.

LES HOMMES SONT-ILS CAPABLES DE JUSTICE?

Le message de justice génère la croyance selon laquelle l'humanité peut devenir juste. Satan déclare donc la guerre à cette pensée. Il ne cesse de bombarder les croyants d'un message de grâce afin que le péché ne pèse plus sur leurs consciences. Ensuite, il continue à les bombarder ainsi que les non-croyants d'un message au sujet de la « condition déchue », et de nombreuses personnes acceptent l'idée selon laquelle l'humanité, corrompue, ne sera jamais juste.

Le péché est admis comme faisant partie de la nature humaine et les églises ne prêchent plus la repentance et le pardon des péchés. Il devient donc naturel de croire que, pour mener une existence heureuse, les hommes n'ont pas à réprimer leurs passions pécheresses. Ils devraient même s'y adonner, du moment qu'ils ne nuisent à personne.

Ainsi, vivre dans la recherche du plaisir est un concept qui envahit les Églises. Là où le divorce ne pouvait être envisagé, il le devient subitement. L'homosexualité est un péché, mais les clergés sont soudainement ouverts aux homosexuels. On pense que Dieu comprend notre incapacité de résister à notre propre nature et qu'Il passe donc outre ses conséquences pécheresses. Pour décrire ce mode de pensée, l'apôtre Paul déclare que les hommes « *aiment le plaisir plus que Dieu* » (2 Timothée 3:4). En raison de cela, ils prient Dieu pour lui demander s'ils devraient enfreindre les dix commandements.

- Puis-je me marier une troisième fois, Seigneur?

- Puis-je divorcer de mon ivrogne de mari?

- Nous sommes faits pour être ensemble. Peut-on divorcer de nos époux actuels et nous marier,

Seigneur? Nous voulons simplement connaître Ta volonté.

LE SALUT

Toute personne ayant véritablement rencontré le Jésus-Christ de la Bible passe cinq portes pour arriver au salut qu'Il offre à Golgotha. Pour être sauvés, il vous faut traverser:

1. **La repentance**: première étape du salut sans laquelle les étapes suivantes ne peuvent avoir lieu.

2. **La réconciliation**: par le pouvoir du Saint-Esprit, le Seigneur Jésus vous fait passer cette porte et vous réconcilie avec Dieu pour qu'Il vous accepte comme Son fils ou Sa fille.

3. **La rédemption**: à ce stade, le Diable revendique encore votre appartenance à lui en tant qu'esclave et prisonnier(ère). Jésus-Christ vous guide donc à travers cette porte pour vous laver par Son sang et vous racheter pour de bon.

4. **La re-naissance, ou nouvelle naissance**: l'âme nouvellement rachetée est passée au Saint-Esprit qui la transforme en une âme nouvelle, née d'une semence de Dieu.

5. **La régénération**: enfin, le Saint-Esprit déclenche un processus éternel de régénération qui produit la croissance, la réparation des tissus (cicatrisation) et le développement spirituel en général.

Les cinq portes sont traversées dans cet ordre-là. Il n'existe pas de raccourci qui permette de sauter une porte ou de commencer par celle de son choix. Pour être sauvé par Jésus-Christ, toute personne, vivante ou morte, doit passer par ces phases. En quoi sont-elles importantes dans ce livre?

Le Diable connaît ce processus mieux que n'importe quel croyant. Après 2000 ans de tâtonnement, il a fini par comprendre quelles étaient les stratégies les plus efficaces contre l'Évangile. Il sait que la persécution n'est pas très fructueuse, contrairement aux fausses doctrines. Cependant, lorsqu'un réveil surgit, le corps du Christ s'en remet de manière spectaculaire.

La nouvelle stratégie de Satan est donc d'influencer la conception des personnes « nées de nouveau ». Il souhaiterait idéalement qu'elles ne soient pas conçues du tout, mais si elles doivent l'être, il cherche à provoquer leur avortement. Il réussit cela par le compromis. De nombreux prédicateurs cherchent tant à se faire accepter qu'ils effacent complètement la repentance de l'Évangile. Le salut devient ainsi une illusion au point que beaucoup pensent être sauvés, alors que leur processus de salut n'a jamais même commencé.

LA REPENTANCE

De nos jours, la plupart ignorent qu'ils sont déjà perdus à cause de leurs péchés. Satan retourne le monde contre le besoin même de salut en y introduisant des enseignements trompeurs. Comme nous l'avons vu précédemment, il répand un message de salut illusoire par lequel les hommes pensent que c'est de la faim, des maladies, ou de la pauvreté qu'ils doivent être sauvés. En outre, il répand des enseignements qui les rendent indifférents à la culpabilisation, la présentant comme une influence satanique négative de sorte qu'ils la perçoivent rarement comme la voix du Saint-Esprit: il « [les convainc] *en ce qui concerne le péché, la justice, et le jugement* » (Jean 16:8).

Dans le dictionnaire Larousse en ligne, la repentance est le « *Regret douloureux que l'on a de ses péchés, de ses fautes et (le) désir de se racheter* ». Ainsi, en plus d'être un enseignement biblique, la repentance est commune dans la société. Lorsque les gens reconnaissent leur mauvaise conduite envers autrui, regrettent leurs actes et aimeraient pouvoir les défaire, ils sont déjà repentis. D'ailleurs, la véritable repentance vient toujours d'abord du coeur avant de se concrétiser en actes pour réparer les dégâts causés.

L'objectif de Satan est d'empêcher les hommes d'atteindre le salut. L'une de ses stratégies est donc de supprimer la repentance du chemin de ceux qui s'en approchent. Pour ce faire, il génère simplement une phobie de l'Évangile biblique, qu'il remplace par des enseignements reposant sur la sagesse sociale. L'apôtre Pierre déclara: « *Le Seigneur ne tarde pas dans l'accomplissement de la promesse, comme quelques-uns le croient; mais il use de patience envers vous, ne voulant pas qu'aucun périsse, mais voulant que tous arrivent à la repentance* » (2 Pierre 3:9). Cette affirmation suppose qu'afin de ne pas « périr », l'humanité doit « se repentir ».

Par conséquent, toute personne doit se repentir avant même de pouvoir envisager la possibilité d'une réconciliation avec Dieu. Cela est vrai aussi au sein de la société humaine. Imaginez que quelqu'un vous cause du tort puis fasse comme si de rien n'était. Tout comme dans la sagesse sociale habituelle, dans laquelle le pardon suppose une repentance préalable, tout ce que Dieu souhaite pour nous accorder librement le salut est notre repentance. Un prix modique comparé à celui qu'Il a payé pour notre salut.

Malheureusement, le monde ne pouvant vivre exempt de culpabilité, le dernier monde est conditionné pour y être indifférent. Tout dans la société nous dit:

- Nous sommes humains, après tout.

- Ne soyez pas durs envers vous-mêmes.

- Si Dieu est amour, Il comprend les faiblesses humaines.

- Et de nombreuses autres idées dans cette veine.

LA RÉCONCILIATION

Dans notre société, une demande de pardon donne lieu à deux types de comportement de la part du coupable. Lorsque celui-ci se repent véritablement, une insistance dans la manifestation du regret et un désir de réparer ses torts est perceptible. Dans le cas contraire, on entend plutôt une excuse insincère comme: « Où est le problème? J'ai déjà dit pardon ». Entre ces deux personnes, laquelle selon vous est plus susceptible d'être pardonnée? Le salut est une affaire de réconciliation. Comment pourrions-nous réconcilier un fautif avec la personne à qui il a causé du tort, sans repentance?

Dans les derniers jours, nombreux sont celles et ceux qui viennent au royaume avec une attitude du type « où est le problème? ». Souvent, cette attitude est induite par des évangiles particulièrement arrangeantes qui confondent le « vivez comme vous l'entendez » avec le « venez comme vous êtes ». Jésus vient pour les pécheurs parce qu'Il veut les sauver du seul et unique problème de l'humanité: le péché. Malheureusement, au final, très peu sont ceux qui obtiendront le salut, car il existe très peu de gens pour qui la réconciliation avec Dieu importe. Ceux-là sont ceux qui non seulement acceptent le don de Dieu, mais sont prêts à se livrer au « *bon combat de la foi* » (1 Timothée 6:12)

Toute l'histoire du salut tourne autour de la réconciliation. Cependant, durant l'Âge des dieux, l'effet du conditionnement sur l'Église transforme le salut en une histoire de délivrance. Les hommes peuvent être délivrés des maladies, de la pauvreté et de biens d'autres états de servitude ou d'oppression dont souffre l'humanité et finir en enfer, mais on ne peut jamais finir en enfer si l'on est réconcilié avec Dieu. C'est pourquoi il est si important pour Satan d'éloigner le plus possible les hommes de la repentance, où commence cette réconciliation.

- Nous sommes appelés à réconcilier le monde avec Dieu: « *Et tout cela vient de Dieu, qui nous a réconciliés avec lui par Christ, et qui nous a donné le ministère de la réconciliation* » (2 Corinthiens 5:18).

- La réconciliation est une condition préalable au salut : « *Car si, lorsque nous étions ennemis, nous avons été réconciliés avec Dieu par la mort de son Fils, à plus forte raison, étant réconciliés, serons-nous sauvés par sa vie* » (Romains 5:10).

LA RÉDEMPTION

Les hommes qui vivent à la fin des temps étant conditionnés à ne pas voir le besoin de réconciliation avec Dieu, nombreux sont ceux qui n'atteignent pas la porte de la rédemption. Ceux qui y parviennent provoquent la « *joie dans le ciel pour un seul pécheur qui se repent* » (Luc 15:7). À ce stade, Dieu rend disponible le sang de Jésus pour les sauver de la condamnation éternelle. La majorité de ceux qui prétendent être sauvés n'y arrivent pas parce qu'ils n'ont jamais été des âmes repentantes et ne se sont donc jamais réconciliés avec Dieu.

Sans le Christ, tous les hommes sont des pécheurs et donc condamnés. Cela est un fait qu'aucune propagande libérale, aucune raillerie de programme télévisé ou d'homme de sciences ne pourra changer. Il y a deux milles ans, personne n'avait la preuve que le Terre était ronde mais cela ne changeait rien au fait qu'elle l'était. Si vous auriez voulu sauver Sodome et Gomorrhe, votre seule chance aurait été de convaincre les habitants des deux villes de se repentir et de demander la miséricorde de Dieu.

> « *Tous ont péché et sont privés de la gloire de Dieu; et ils sont gratuitement justifiés par sa grâce, par le moyen de la rédemption qui est en Jésus-Christ* » (Romains 3:23-24).

Le Trésor de la Langue française en ligne définit la rédemption comme « *l'action de participer au salut de son âme ou de celle d'autrui par l'expiation* ». Lorsque les pécheurs repentis et réconciliés arrivent à la porte de la rédemption, ils sont lavés par le sang de Jésus-Christ, leurs péchés sont pardonnés, leur sortie de prison est achetée, et leur casier judiciaire effacé.

> « Qui s›est donné lui-même pour nous, afin de nous racheter de toute iniquité, et de se faire un peuple qui lui appartienne, purifié par lui et zélé pour les bonnes œuvres. » - Tite 2:14

LA RENAISSANCE

Le Trésor de la Langue française en ligne définit la renaissance comme « *l'action de renaître, nouvelle naissance* » ; ou « *l'action de réapparaître, retour, nouvel essor* ». Ainsi, une fois que les âmes repenties et réconciliées sont rachetées, elles avancent vers la quatrième porte en « R » : la re-naissance, ou plutôt, nouvelle naissance. Elles doivent commencer une vie nouvelle parce que leur ancienne nature est corrompue et ne leur permettrait pas de voir Dieu. Elles sont donc menées vers le Saint-Esprit, qui non seulement sème en eux une semence de vie nouvelle, mais l'abreuve et la protège.

Sous le contrôle de l'Esprit de Dieu, lorsque cette semence arrive au terme de sa germination, la nouvelle naissance se produit et toutes les âmes qui passent cette porte deviennent de nouvelles créations. « *Les choses anciennes sont passées; voici, toutes choses sont devenues nouvelles* » (2 Corinthiens 5:17). La durée de cette germination est un mystère; seul Dieu la connaît.

Jésus-Christ essaie d'expliquer la nouvelle naissance

à Nicodème dans le chapitre 3 de l'évangile selon Jean: « *En vérité, en vérité, je te le dis, si un homme ne naît de nouveau, il ne peut voir le royaume de Dieu* ». Il est évident que seuls les croyants qui peuvent passer par la porte de la nouvelle naissance entrent dans le Royaume de Dieu.

Afin d'expliquer la nouvelle naissance, Pierre écrivit : « *puisque vous avez été régénérés, non par une semence corruptible, mais par une semence incorruptible, par la parole vivante et permanente de Dieu* ». Cela signifie que la semence que nous recevons n'est autre que la Parole de Dieu. En quelque sorte, nous sommes nés de la parole de Dieu. D'ailleurs, Jésus Lui-même déclare que « *si un homme ne naît d'eau et d'Esprit, il ne peut entrer dans le royaume de Dieu* » (Jean 3:5). Dans les Écritures Saintes, l'eau symbolise souvent la Parole (voir Jean 4:1-26).

L'action de Satan au cours de la dernière étape de l'humanité cible souvent la nouvelle naissance. Même sur le plan biologique, entre la conception et la naissance, beaucoup de choses peuvent se produire. Satan sait qu'une fois les candidats à la nouvelle naissance sont nés de nouveaux, il est quasi-impossible de les écarter du chemin vers le Royaume de Dieu. C'est pourquoi son objectif est d'arrêter la nouvelle naissance.

De nombreuses personnes arrivent à la porte de la nouvelle naissance, mais très peu la traversent. À cause du conditionnement des Églises, nombre d'entre eux sont avortés ou meurent avant la nouvelle naissance, n'ayant pas suffisamment de ressources spirituelles. Certains atteignent la nouvelle naissance, mais avec des problèmes de développement. Souvenez-vous : nous sommes nés de la Parole de Dieu et, malheureusement, les Églises ont été contaminées au cours de la dernière période de conditionnement. La parole qu'elles prêchent est souillée de substances qui finissent par causer la mort ou le handicap spirituels.

C'est pourquoi, comparé à l'église qui prêche encore la vérité, celle qui a été conditionnée est très fréquentée. Mais la plupart de ses fidèles sont soit des zombies spirituels, soit en état de handicap spirituel. Voici quelques exemples de choses qui les caractérisent:

Un fort manque d'intérêt pour la lecture et la connaissance de la Parole de Dieu.

- Une forte ressemblance au monde.

- Un fort désir de rester lié au monde et de vivre de la même manière que lui.

- Une forte tendance à désirer la même chose que le monde et à vivre en fonction de cela. La seule différence avec le monde est qu'ils croient que Dieu les aide à réaliser leurs ambitions.

- Les opinions du monde influent fortement sur leur interprétation de la Parole de Dieu.

- Ils n'accomplissent que les actes spirituels que leur chair apprécie.

- Ils vont peut-être à l'église depuis des années, mais ne croissent ni dans leur façon de servir Dieu ni dans leur connaissance des Écritures.

- Ils affichent de fortes opinions parce qu'ils se considèrent ouverts d'esprit. Pour cette raison, ils résistent à la vie de disciple (ils sont incapables de suivre le pasteur ou le serviteur que Dieu a placé au-dessus d'eux parce qu'ils sont conditionnés pour ne pas faire confiance aux ministres de Dieu).

D'un autre côté, ceux qui traversent la nouvelle naissance deviennent de nouvelles créations. Petit à petit, la nature de Dieu croît en eux. Tout comme des enfants attachés à leurs mères, ils sont attachés aux choses divines et ont une soif de connaissance de la Parole. Voici certaines caractéristiques des croyants réellement nés de nouveau:

- Ils aiment la Parole de Dieu.

- Ils n'ont pas envie de ressembler au monde; ils parlent, s'habillent et se comportent donc différemment.

- Ce qui anime leur foi est principalement leur détermination à entrer dans le Royaume de Dieu et à être réunis avec leur Père céleste.

- Leur développement spirituel est rapide et perceptible aux yeux des autres.

- Ils ne se sentent pas à l'aise lorsqu'entourés de personnes mondaines, qui ne sont pas à l'aise non plus autour d'eux.

- Ils sont dans leur élément lorsqu'ils accomplissent des actes spirituels tels que la prière ou l'adoration.

- Ils gardent confiance en la volonté de Dieu quant à leurs vies ; quoiqu'il leur arrive, c'est ce qui pouvait leur arriver de mieux.

- Ils s'efforcent de mener une vie consacrée car ils savent que leurs corps sont des temples du Saint-Esprit. Ils savent aussi qu'ils ont donné leurs vies en offrande à Dieu.

LA RÉGÉNÉRATION

La régénération n'est autre que le développement et l'entretien des nouvelles vies de ceux qui ont fait l'expérience de la nouvelle naissance. Le meilleur exemple de régénération est la régénération naturelle, qui ressemble beaucoup à la régénération spirituelle.

Physiquement, le phénomène responsable du développement d'un enfant dans l'utérus de sa mère est aussi responsable de la régénération une fois l'enfant né, et pour toute sa vie. Les biologistes appellent cela la « division cellulaire ». Nous somme régénérés chaque jour; la régénération naturelle est un processus permanent.

Nos corps ne cessent de perdre des cellules qui sont constamment remplacées par des cellules nouvelles et plus jeunes. L'exemple le plus commun de régénération chez les hommes est la cicatrisation, définie comme une « *réparation spontanée d'un tissu de l'organisme atteint d'une lésion, aboutissant généralement à une cicatrice* » (Larousse en ligne).

La régénération commence officiellement lorsque tous les organes d'un fœtus sont pleinement développés dans l'utérus. En effet, toute division cellulaire préalable est considérée comme faisant partie du développement du fœtus. Une fois que les organes sont fonctionnels et entièrement développés, la division cellulaire acquiert une nouvelle fonction: l'entretien. Les organes nouvellement formés doivent continuer à grandir mais aussi pouvoir guérir le cas échéant. C'est pourquoi la division cellulaire se poursuit jusqu'à la mort.

De même, le phénomène responsable de la nouvelle naissance spirituelle est également responsable de la régénération. Paul écrit à Tite en disant : « *Il nous a sauvés, non à cause des œuvres de justice que nous aurions faites, mais selon sa miséricorde, par le baptême de la régénération et le renouvellement du Saint-Esprit* » (Tite 3:5). La puissance du Saint-Esprit chez les croyants nés de nouveau est clairement celle qui est à l'œuvre dans la régénération.

Malheureusement, tout comme dans nos vies naturelles, certains facteurs peuvent empêcher cette régénération. Par exemple, une lésion peut s'infecter et des parasites peuvent venir l'empirer. Sur le plan spirituel, ces parasites existent aussi dans nos vies. Ce sont les gens ou les choses qui influent négativement sur notre développement spirituel. Il peut s'agir tout simplement d'un nouvel ami qui vous éloigne de l'église ou d'une activité qui vous empêche de passer du temps avec Dieu, dans la prière ou à entendre Sa Parole. Jésus a dit : « *Si ta main ou ton pied est pour toi une occasion de chute, coupe-les et jette-les loin de toi; mieux vaut pour toi entrer dans la vie boiteux ou manchot, que d'avoir deux pieds ou deux mains et d'être jeté dans le feu éternel* » (Matthieu 18:8). Jésus parle ici des parasites que Satan envoie dans la vie d'un croyant pour enrayer son développement spirituel.

La régénération spirituelle est un ensemble de choses accomplies à la fois par le Saint-Esprit et par le croyant dans le but d'entretenir la nouvelle création. Afin de régénérer l'esprit d'un croyant pour qu'il se distingue d'un esprit profane, Paul a dit: « *Ne vous conformez pas au siècle présent, mais soyez transformés par le renouvellement de l'intelligence, afin que vous discerniez quelle est la volonté de Dieu, ce qui est bon, agréable et parfait* » (Romains 12:1-2). Autrement dit, un croyant né de nouveau essaie toujours de se conformer à la Parole de Dieu plutôt qu'au monde; cela permet le renouvellement de l'intelligence grâce auquel nous sommes convaincus de la volonté parfaite de Dieu.

CONCLUSION

Indépendamment du conditionnement, les véritables croyants continuent de désirer Dieu. D'ailleurs, l'état des choses en ces temps de fin du monde ne fait que renforcer leur désir du Royaume de Dieu. Bien que le conditionnement touche beaucoup d'entre eux dans une certaine mesure, il finit par devenir la raison même pour laquelle ils désirent l'enlèvement plus que toute autre génération qui les a précédée.

Ceux qui ont le Christ ne craignent pas les puissances à l'œuvre dans ce monde. Tout comme Jésus-Christ avait rejeté l'offre par laquelle Satan lui offrait la domination du monde s'il se prosternait et l'adorait (Matthieu 4:1-11), les croyants des derniers jours rejetteront toutes les propositions de Satan sous toutes leurs formes. Ces croyants seront si détestés par le monde qu'ils seront forcés de se regrouper pour former une société secrète et garder la foi.

Prenez garde des prédicateurs conditionnés. Ceux-ci sont des mercenaires sans aucune intention de mener quiconque au Royaume des cieux. En plus de ne pas discerner la saison dans laquelle nous vivons, ils sont incapables de lire l'horloge divine. Jésus a toujours été inquiet à leur sujet : « *Et le Seigneur dit : Quel est donc l'économe fidèle et prudent que le maître établira sur ses gens, pour leur donner la nourriture au temps convenable?* » (Luc 12:42). La nourriture est là ; la question est de savoir s'il y aura un « économe prudent » pour la distribuer en la saison où le peuple de Dieu en aura le plus besoin.

Bien que Satan parvient à conditionner des millions de personnes à se rebeller contre Dieu, au final, la Parole de Dieu adviendra et le Christ érigera Son Royaume éternel, restaurant Sa nation d'Israël et sauvant ceux qui L'aiment des ruses de Satan. Ne l'oubliez jamais : « *Le ciel et la terre passeront, mais mes paroles ne passeront point* » (Matthieu 24:35).